PRÉFACE.

LE Livre que j'ai l'hon-
neur de présenter au
Public n'est point l'effet d'une
étude consommée ; rebuté
dans ma jeunesse d'une morale trop sombre, j'avois toujours désiré qu'on l'assaison-
nât de quelque chose qui pût
amuser en instruisant ; c'est
ce que j'ai essayé de faire dans
cet Ouvrage, qui est dans son
principe, tout entier de mon
imagination. J'ai tâché de ca-
ractériser les sept causes ca-

pitales de notre réprobation, & d'en faire voir toute la laideur, tant par les principes de Religion, que par ceux de la raison même. J'ai joint à la peinture de chaque vice une idée de son contraire, afin qu'en cherchant à éviter l'un, on pût être attiré par l'autre : j'ai feint pour cela le voyage d'un jeune Prince dans l'âge où les passions dominent si absolument les hommes.

J'ai pris mon époque au regne de Constantin, premier Empereur Chrétien, tems auquel la persécution de l'Eglise ayant cessé , les successeurs des Apôtres purent tra-

PHILOTECTE,

O U

VOYAGE

INSTRUCTIF ET AMUSANT,

AVEC

Des Réflexions Politiques, Militaires & Morales.

Par M. ANSART,
Lieutenant de Dragons.

Enrichi de Figures en Taille-douce.

A PARIS,

Chez DE POILLY, Quai de Conty,
au coin de la ruë Guenegaud,
aux Armes d'Angleterre.

M. DCC. XXXVII.

Avec Approbation & Privilege du Roy.

vailler ouvertement à la publication de l'Evangile.

J'ai crû devoir joindre à l'horreur que je donne du vice, quelques éxemples tirés des Histoires sacrées & prophanes qui nous en caracterisent le ridicule, parce que les malheurs qui arrivent aux personnes élevées en dignité, frappent vivement un jeune cœur que l'on commence à préoccuper de l'étude de la Religion & de la morale, qui conduisent à la science du Gouvernement un Prince qui veut regner selon l'équité.

Mes réflexions sur la vertu ne m'ont couté aucune peine,

le regne de notre inçompa-
rable Monarque, les vertus
de notre augufte Reine, & la
conduite de nos Miniftres,
m'ont fourni les matieres les
plus folides de cette inftruction; ceci foit dit fans flatte-
rie, je n'ai fait que copier les
originaux que j'avois devant
les yeux.

Le mariage que je fais de
la Princeffe Conftantine avec
Philotecte, révoltera quelques
efprits qui ne pourront fouf-
frir cet anacronifme; mais je
les préviens, & leur promets
d'avance de ne me pas fâcher
de leur critique. Je fuis cependant charmé de la prévenir. Je

sçai , ou du moins Eusebe ,
Sozomene , Baronius , &c.
m'apprennent que Constance
ou Constantine étoit fiancée
à ce Gallican, qui se convertit
à la foi Catholique, après une
bataille qu'il gagna miracu-
leusement sur les Scytes ;
qu'elle fut guérie d'une maladie fâcheuse par les prieres
de Sainte Agnés, & qu'en reconnoissance elle voüa sa virginité à Dieu ; mais en continuant la hardiesse que j'avois
prise de créer des hommes &
de former des Provinces pour
composer le cours de mon
Histoire, j'ai pensé que je pou-
vois changer le Gallican en

Philotecte, son Pays dans une
partie de l'Asie , & faire mé-
riter à Constantine la Cou-
ronne immortelle par toutes
les actions pieuses qu'elle exer-
ce dans le mariage, au lieu de
la pratique dans la virginité ;
l'une & l'autre y conduisent,
il falloit une conclusion à
mon Ouvrage : comme la
Cour de Constantin étoit le
centre de la sagesse, & la seule
où pour lors le Christianisme
fût connu, je n'ai pû chercher
ailleurs une compagne digne
de mon Heros, à qui, comme
nouvellement initié dans les
misteres de la foi, il falloit une
épouse, qui en lui procurant

par sa vertu les douceurs de la vie temporelle, l'aidât par sa pieté à parvenir à l'éternelle.

Il pourra paroître absurde à quelques-uns que je parle de la vertu Chrétienne en stile romanesque ; mais elle est si belle & si utile à l'homme, qu'il doit importer peu de quelle maniere on en inspire le goût : s'il m'étoit permis de citer ici des exemples de cette façon de moraliser, j'en trouverois plusieurs dans l'antiquité, & j'en pourrois citer parmi nos plus illustres modernes dont je craindrois de prophaner les noms en les

plaçant à la tête d'un Ouvrage
ſi éloigné du mérite des leurs.

Au reſte , puiſque je donne
ici l'idée d'un Prince qui veut
regner ſuivant la Religion &
l'équité , j'y fais rencontrer
des principes pour tous les
états en général, chaque menbre de la République eſt ſuſceptible du bon & du mauvais , la vertu du Souverain
ne differe de celle du ſujet ,
que par le plus ou le moins
d'éclat ; car, comme je l'ai remarqué dans pluſieurs endroits de ce volume , le caractere du Prince forme aſſez
volontiers celui du peuple.

PHILOTECTE

ARGUMENT

DU PREMIER LIVRE.

THeodat pere de Philotecle, envoye une ambassade au grand Constantin pour lui demander son amitié, & des Missionnaires; l'empereur depute vers ce Roi. Reception magnifique de ces Envoyés. Adraste l'un d'eux gagne la confiance du Roi & de Philotecle. Caractere de ce Prince, que l'on détermine à voyager. Adraste est choisi pour son Gouverneur. Instruction qu'il lui donne le jour du départ. Ils prennent le parti de voyager incognito. Ils arrivent dans les Etats d'Alphée, où l'orgüeil domine souverainement. Ils sont rencontre d'Aristodeme, qui reçoit nos Voyageurs chez lui, & qui se détermine à les accompagner à Constantinople. Ils arrivent à la Ca-

A

pitale d'Alphée. Caractere de ce Prince. Dissertations curieuses sur les differentes especes d'orgüeil qu'ils trouvent en visitant le Palais du Prince
& la Ville. Ils vont au Palais où se
rend la justice. Il s'y plaide une cause
singuliere, qui donne matiere à Adraste
de discourir sur le caractere d'un mé-
chant Juge. Alphée est détrôné par
Busiris Prince envieux. Deuxiéme
caractere. Départ de Philotecte, qui
témoigne son étonnement sur la révolution qui vient d'arriver. Adraste
fait comprendre à ce Prince que cet accident n'a rien de surnaturel. Exemples à ce sujet tirés de l'Histoire sacrée & prophane.

PHILOTECTE,

O U

VOYAGE INSTRUCTIF

ET AMUSANT.

LIVRE PREMIER.

LA Religion Catholique Romaine commençoit dans le troisiéme siecle à se répandre par tout l'Univers; & si jusqu'alors la persecution des Empereurs Romains n'avoit pas ralenti la ferveur des Chrétiens, elle avoit du moins

empêché les progrès de l'établif-
fement de l'Eglife , & l'Eglife
dans fon berceau , étoit renfermée dans un petit nombre de Fideles : elle avoit cependant bril-
lé avec éclat aux yeux des perfe-
cuteurs même : mais comme ils
n'étoient remplis dans leur aveuglement , que de maximes d'Eta
& de politique idolâtre ; ils at-
tribuoient plûtôt la fermeté des
Martyrs à l'opiniâtreté , qu'à la
force furnaturelle qui les animoir
dans le foutien de la verité. Enfir
le tems étoit venu où le fuccef-
feur de Pierre devoit s'affeoir fur
le crône des Céfars , & les vertu:
dugrandConftantin faifoient fuc
ceder l'étendart de la Croix aux
Aigles Romaines; lorfque Theodat qui regnoit dans une partie
des plus reculées de l'Afie, ayan
entendu parler des vertus fubli-
mes de l'empereur de Rome, qu

sur les ruines de Byfance, établif-
foit le Siége de fon Empire dans
la nouvelleVille qu'il faifoit bâtir,
envoya à ce Prince une ambaffa-
de célebre, tant pour le féliciter
fur fes conquêtes, que pour le
prier de lui envoyer des perfonnes éclairées, qui puffent achever
de le confirmer dans la connoiffance, quoiqu'imparfaite, qu'il
avoit du Chrift, & de la redemp-
tion univerfelle qu'il avoit operé.
Conftantin, dont le zele étoit extrème pour la propagation de la
Foi, reçut les Ambaffadeurs de
Theodat avec un éclat & une magnificence digne de la pompe du
premier Souverain du monde; &
après les avoir régalés & comblés
de préfens convenables au fujet
qui les avoit conduit dans fon
Empire, il les congédia, & les
fit accompagner de plufieurs perfonnes de diftinction, entr'autres

A iij

d'Adraſte, perſonnage plein de
religion, de zele & d'érudition,
avec caractere de Réſident auprès de ce Prince, pour entretenir l'union & une intelligence
parfaite entre les deux Etats.

Theodat ayant appris le retour de ſes Ambaſſadeurs par un
Courier qu'ils lui avoient dépêché, fit des préparatifs pour recevoir ces Envoyés avec la ſplendeur qui dénotoit en plein la magnificence & le faſte des anciens
Rois d'Aſie : il y eut à leur arrivée un concours innombrable de
peuple juſqu'à quatre mille, de
la Capitale. Le Roi lui-même
vint les recevoir à l'entrée de ſon
Palais, où il les introduiſit avec
une politeſſe qui approchoit du
reſpect, que tous les Potentats
du monde avoient alors pour la
Puiſſance Romaine.

Theodat étoit accompagné de

Philotecte son fils unique, Prince âgé de quinze ans , & qui possedoit déja toutes les qualités qui nous font voir en perspective les héros.

Adraste ravi d'admiration pour tout ce qui se présentoit à ses yeux , ne pouvoit s'empêcher de loüer tout ce qu'il trouvoit de loüable dans Theodat & son fils : mais son caractere n'étoit pas renfermé dans les vûës du vulgaire ; cet homme plein de sa religion , voyoit avec douleur à la Cour de Théodat un mélange affreux du Christianisme & du Paganisme. Ces peuples, dont les ancêtres avoient été instruits par les Apôtres ou leurs Disciples , avoient perdu insensiblement l'esprit de la Religion ; les persecutions avoient éloigné d'eux les saints personnages qui auroient pû les conserver dans la pureté

de l'Evangile , ils n'en avoient
qu'une legere teinture ; & à l'e-
xemple du Roi , les Sujets defi-
roient d'être inftruits.

Adrafte fut ravi de trouver un
champ fi propre à être cultivé ;
& Dieu animant fon zele , il parvint en peu de tems à planter
dans ce Royaume l'étendart de
la Croix : Philotecte feul fe roidit pendant quelque tems contre
les maximes nouvelles qu'on vouloit lui infinuer ; il étoit jeune ,
héritier préfomptif d'un grand
Royaume , élevé dans des préjugés flatteurs pour les fens ; tout
ce qui l'en éloignoit , révoltoit
l'impétuofité de fon temperament. Né cependant avec des
difpofitions fortes pour pratiquer
les vertus morales , Adrafte ne
defefpera pas de lui faire goûter
les chrétiennes ; il en communi-
quoit fouvent avec Theodat ; &

ce Prince qui étoit devenu un zélé défenseur de la Religion , dé-
ploroit la situation de son fils : enfin se promenant un jour avec
Adraste dans les jardins de son
Palais , le Monarque se congra-
tuloit avec l'Envoyé Romain de
la grace que Dieu lui avoit faite
de lui ouvrir les yeux sur l'erreur
dans laquelle il avoit vécu si long-
tems , & lui témoignoit l'impatience où il étoit de voir arriver
son fils au même but : prenez pa-
tience, lui dit ce saint homme, vos
vœux seront exaucés ; le Prince
votre fils est né avec des dispositions à la vertu; j'en ai reconnu en
lui les traits les plus frappans dans
les differentes conferences que
j'ai euës avec lui: votre zele pour
la Religion ne sera pas infruc-
tueux, nous ne devons desesperer
de rien, la jeunesse est boüillante,
la morale n'est pas de son goût ,

le joug de Jeſus-Chriſt eſt leger ; quand on le regarde avec les yeux du Chriſtianiſme ; mais la jeuneſſe emportée par le feu qui la domine, ne le regarde pas de même, tout ce qui s'oppoſe à la volupté, révolte ſon eſprit ; que faire dans ces circonſtances ? Il faut s'y prendre avec délicateſſe: votre fils eſt dans un âge boüillant & incapable de refléxions, il vit ici dans les délices d'une Cour où il eſt regardé comme maître ; c'eſt votre fils unique, vous l'aimez, & je vous avoüerai même qu'il eſt digne de toute votre tendreſſe ; ſon état lui donnera toujours une idée de révolte pour tout ce qui ne flattera pas ſes inclinations, il faut lui ôter les prétextes de ſa réſiſtance, il faut le faire voyager. Vous avez recherché l'alliance du grand Conſtantin ; il s'offre une occa-

fion favorable de la cimenter
pour toujours ; la Princeſſe Conſtantine ſa fille , eſt de l'âge de
Philotecte ; les liens du ſang af-
fermiſſent ſouvent ceux de la politique & de la bienſéance parmi
les Princes Chrétiens ; la beauté
extraordinaire de la Princeſſe fera ſur lui quelque impreſſion ; les
mœurs differentes que l'on prend
ſoin de faire remarquer à un jeune Prince dans les divers Etats
où il paſſe , les louanges que l'on
donne aux vertus que l'on y trouve , & le blâme des vices , l'ac-
coûtument infenfenſiblement à
faire un juſte diſcernement des
deux contraires , & à le mettre
en pratique ; un voyage de Conſtantinople d'ailleurs ne peut qu'-
inſtruire Philotecte , tant du côté
de la Religion qui regne avec
éclat dans cette Ville , que pour
la ſcience du gouvernement que

l'Empereur mon maître poſſede à un degré éminent. Voilà, Sire, ajoûta cet illuſtre Romain, le chemin qui peut conduire le Prince votre fils au but que vous ſouhaittez.

Le Roi embraſſa Adraſte , & le remercia du conſeil qu'il lui donnoit ; il lui promit de le mettre en pratique , s'il vouloit ſervir de guide à ſon fils dans ce long voyage , & qu'il alloit en écrire au grand Conſtantin. Adraſte l'aſſura de ſon zele & de ſa reconnoiſſance , pour la marque d'eſtime & de confiance qu'il lui donnoit ; on en parla à Philotecte , il ne fut pas difficile d'avoir ſon conſentement ; le changement & les mouvemens d'un voyage flattent agréablement l'eſprit d'un jeune Prince ; on reçut en peu de tems des lettres de Conſtantin , qui n'étoient rem-

plies que de l'impatience de voir
arriver le fils de Theodat ; l'Empereur envoyoit en même tems
son consentement pour la com-
mission d'Adraste. Enfin tout
étant disposé pour ce voyage, le
Prince partit avec une suite con-
venable à la dignité d'héritier
d'un puissant Royaume.

Ils ne firent que cinq mille la
premiere journée ; Adraste vouloit entretenir le soir le Prince en
particulier, & lui donner une instruction propre à lui faire joindre l'utile à l'agréable du voyage ; ils se renfermerent tous deux
après avoir soupé , & Adraste
parla ainsi au jeune Prince : Je
me trouve fort heureux , mon
cher Prince , lui dit ce digne
Mentor, d'avoir été choisi par
Theodat pour accompagner à
Constantinople un Prince de votre mérite , & pouvoir vous don-

ner des marques & de mon attachement plein de zele, & de ma tendresse pour votre personne; je vous parlerai avec la franchise que ma religion & la confiance de Theodat éxigent de moi; nous allons parcourir des vastes Etats, dans lesquels vous trouverez plus d'un écueil contre la vertu, & ausquels il est aisé à votre âge de se laisser surprendre. Vous êtes un grand Prince destiné à gouverner un puissant Empire, je ne vous dirai pas que je pense en homme du vulgaire, & que je regarde le bonheur de commander aux mortels comme un pur effet du hasard, Dieu, dans l'économie de sa sagesse; en créant les hommes, les a destiné à des fonctions differentes, suivant les inclinations, que dans sa prescience il a remarqué dans chaque individu: David étoit Berger; cependant

deftiné à tenir le fceptre d'Ifraël
après la réprobation de Saül, il
étoit fujet à des paffions, fon pe-
ché immortalifé par fa pénitence,
en eft une marque vifible. Une
longue fuite de fucceffion vous
appelle au thrône de ***, l'ébau-
che des vertus qui eft en vous,
vous en rendra digne, fi vous
prenez foin de les cultiver; mais
fongez toujours, mon cher Prince, que la vertu feule fait l'ornement du diadême, que plufieurs
tyrans ont regné avec un bonheur apparent, & fuivant le goût
du fiecle, mais avec des remords
interieurs, & des chagrins plus
cruels que ne peut caufer le ren-
verfement du thrône à un Prince
doüé feulement de la raifon. Le
bonheur d'un Prince confifte
dans celui de fes Sujets; l'exemple du Souverain décide de la
conduite du peuple; les maîtres

du monde dépendent de celui
du Ciel, qui nous a donné des
loix qui ne font pas rudes par el-
les-mêmes; elles font établies fuivant les bonnes mœurs ; le particulier en les fuivant, trouve fa
fatisfaction dans les plus grandes
peines ; un Roi en les executant,
fait fon bonheur particulier en
operantla felicité de fon peuple.
Nous allons paffer dans des Pays
où regnent la corruption & le
defordre ; je vous ferai remarquer les differens dangers qu'ils
nous font courir, faites-y une fé-
rieufe attention , afin d'éviter
tout le mal qui en réfulte ; Dieu
vous fecondera, fi vous lui êtes
fidele, fongez qu'il eft le maître
abfolu de tout, qu'il renferme
tout en lui, & que fans lui nous
ferions dans le néant.

Adrafte ayant apperçu quelques larmes qui couloient des
yeux

yeux de Philotecte : Ah ! mon Prince, s'écria ce digne Miniftre, vous pleurez, vous êtes touché, la grace triomphe de votre répugnance à la morale chrétienne, votre fenfibilité me fait tout efperer, vous êtes à Jefus-Chrift. Le Prince ne put s'empêcher de lui avouer l'impreffion que fon difcours venoit de faire fur fon cœur; & par cette genereufe reconnoiffance fi naturelle à une belle ame, il lui protefta, en l'embraffant tendrement, qu'il fuivroit aveuglément fes confeils dont il fentoit interieurement la force; & comme il étoit tard, ils fe coucherent, afin d'être en état de continuer le lendemain leur route.

Adrafte fentoit la fatisfaction interieure que donne la bonne confcience; cet homme rempli d'un zele ardent pour fa Religion,

B

ne penſoit qu'aux moyens de l'é-
tendre, & de la faire éclater par-
tout où la puiſſance de ſon maître
étoit connuë : fidele ſujet d'un
Prince, dont il connoiſſoit l'ardeur pour la foi, il ne s'étudioit
qu'à remplir les devoirs ſacrés de
ſa Religion & de ſon miniſtere.
Dieu qui veille continuellement
ſur les Juſtes, operoit efficacement ſur la conduite d'Adraſte,
& la Minerve divine ne s'éloigna
jamais du Mentor Chrétien, comme nous verrons dans la ſuite de
cette hiſtoire.

Philotecte de ſon côté, ne dor-
mit pas tranquillement ; la converſation d'Adraſte l'avoit émû ;
ſon cœur ni gâté par la corruption du vice, ni affermi dans la
pureté de la vertu, étoit dans un
état difficile à définir ; il venoit
de promettre à Adraſte de ſuivre
en tout ſes conſeils ; ſon heureux

naturel y confentoit aifément ;
mais fon temperament lui donnoit des fentimens de révolte qui
tendoient fouvent au triomphe
des fens.

Adrafte qui connoiffoit les mouvemens tumultueux qui agitoient
le cœur de Philotecte , laiffa ce
Prince pendant quelques jours
floter entre les bonnes & les mau-
vaifes refléxions ; il ne s'appliqua
qu'à lui faire remarquer la beauté des campagnes par où ils paffoient , l'arrangement admirable
de la nature dans fes differentes
productions , & par confequent
la puiffance infinie d'un Dieu qui
d'un rien avoit créé ce vafte Univers , & qui d'un clein d'œil pouvoit le détruire avec tout ce qu'il
renferme.

Nos voyageurs arriverent enfin fur les frontieres des Etats de
Theodat;& avant d'entrer dans le

Pays étranger, Adraste, dont l'u-
nique but étoit l'instruction de
Philotecte, proposa à ce Prince de
traverser *incognito* les Etats, qui
les séparoient encore de ceux de
Constantin : Un grand train, lui
dit ce digne confident, fait trop
d'éclat ; on vous a rendu par tout
ou vous avez passé dans l'Empire
de Thagum tous les honneurs qui
vous sont dûs, les peuples ont été
charmés de posseder celui qui
doit les commander un jour, les
Souverains doivent donner de
tems en tems cette satisfaction à
leurs Sujets ; mais à present il est à
propos de quitter cette pompe
qui environne les hommes destinés à commander : les réceptions
que l'on vous feroit dans toutes
les Villes ou nous allons passer,
vous empêcheroient de pénetrer
dans l'interieur de ceux qui y
commandent : la vertu est si belle

par elle-même, qu'il n'y a point
de vicieux qui ne fouhaite de
paroître vertueux, quand il veut
faire parade de fa puiſſance aux
yeux d'un Prince étranger ; le
nom de Théodat imprimeroit du
reſpect pour ſon fils , & tout ce
qui ſe préſenteroit à nos yeux,
nous rapprocheroit trop de cette
volupté, que nous nous propo-
ſons d'éviter comme l'écuëil le
plus infaillible de la vertu.

Philotecte que les bienſeances
politiques commençoient à gê-
ner, fut ravi de voyager ſans être
connu ; il conſentit avec plaiſir à
la propoſition d'Adraſte, qui fit
partir l'équipage par differentes
routes, avec ordre d'attendre le
Prince dans un endroit qu'il leur
indiqua , & ne reſerva que trois
perſonnes, dont la fidelité, le zéle
& la probité lui étoient connus.

Ils entrerent de cette ſorte dans

les Etats du Prince de ......, où Philotecte d'abord trouva de quoi attacher ses regards, & donner matiere à sa curiosité. Tout ce qui se presenta à ses yeux le frappa d'étonnement, au lieu des campagnes fertiles & abondantes en toutes sortes de grains & de fruits, qu'il avoit vû dans les Etats de son pere, productions de l'esprit laborieux du peuple qu'opere un Gouvernement juste & parsible, il ne voyoit ici que Châteaux superbes, que des avenuës magnifiques plantées dans les campagnes, tout y respiroit l'opulence. Que vois-je, s'écria Philotecte ? Il faut que le Prince qui commande à cet Etat, soit bien puissant, puisque son peuple semble vivre dans une telle abondance, que la demeure du particulier paroît le Palais d'un Prince. Vous êtes dans l'erreur, mon cher Philotecte, lui

dit Adrafte, tout ce qui frape ici
vos yeux ſi agréablement, tire ſa
ſource d'un principe blâmable;
l'orguëil & l'oſtentation produiſent cet amas de magnificence
que vous voyez,qui cauſe le malheur des maîtres de ces Palais, &
par une ſuite neceſſaire la ruine
du peuple. Les Palais ne ſont deſtinés que pour les Souverains,
l'homme né pour commander
aux mortels, non-ſeulement doit
gouverner par l'éclat de ſes vertus, mais même en impoſer au
peuple par une magnificence ex-
terieure, qui attire ſon reſpect &
celui de l'Étranger;il doit cependant prendregarde de ne pas donner à l'orguëil ce qui ne doit être
que l'appanage de la bienſéance,
& mettre des bornes à l'ambition
de ceux qui lui ſont ſubordonnés;
les dépenſes immenſes que cauſe
la démangeaiſon continuelle de

bâtir, entraine la ruine de la plûpart des hommes, & les met dans
l'impoſſibilité de ſervir le Prince
dans les beſoins preſſans de l'Etat;
il faut contracter des dettes, dont
les interêts joints aux capitaux,
font paſſer ſouvent de Châteaux
magnifiques, bâtis par un homme
d'une naiſſance illuſtre, dans les
mains d'un particulier, dont tout
le mérite conſiſte à avoir ſçû ſu-
cer adroitement le plus pur ſang
de l'Etat ; d'ailleurs cette étenduë
de terrain qu'occupent ces belles
avenuës, & ces parcs deſtinés à
renfermer une quantité prodi-
gieuſe de bêtes fauves, ne ſe-
roient-ils pas mieux employés à
produire les denrées néceſſaires à
la vie de l'homme, & à entretenir
le peuple dans l'état laborieux
qui fait le nerf & le ſoutien le plus
ſolide de l'Etat ?

Comme ils faiſoient ces réflexions,

xions, ils fe trouverent infenfiblement dans un vallon agréable ar-
rofé de plufieurs ruiffeaux d'une
eau vive & claire ; des prairies
émaillées de milles fleurs naturelles en bordoient les rives, & une
maifon fimple, mais proprement
bâtie en terminoit le point de vûë:
le jour commençoit à baiffer, &
ils cherchoient de tous côtés quelque créature vivante, à qui ils
puffent demander de combien ils
étoient encore éloignés de la couchée, lorfque Philotecte apperçut un homme vêtu affez fimple-
ment qui fe promenoit, ils s'ap-
procherent de lui; & lui ayant fait
connoître l'inquietude où ils
étoient de trouver gîte pour cette
nuit, cet homme leur répondit
avec politeffe, qu'ils auroient
peine à arriver à la Ville la plus
prochaine, & où ils pourroient
être logés commodement mais

C

qu'il leur offroit une retraite
chés lui, où il s'efforceroit de
leur procurer un doux & paisi-
ble repos. Adraste surpris de
trouver tant de douceur & d'humanité dans un Habitant d'un
Pays qui paroissoit si rempli d'orgueil, accepta l'offre avec plaisir;
ils arriverent à la petite maison
qu'ils avoient vû en descendant
dans le vallon, ils y trouverent
tout d'une propreté simple, mais
agreable; leur hôte qui se nomme
Aristodeme, étoit un homme
d'environ cinquante ans, bien
fait & de bonne mine, qui les re-
gala à souper, sinon avec magnificence, du moins avec goût;
quand ils eurent soupé, ils furent
se promener dans un jardin
qu'Aristodeme cultivoit lui-même à l'aide de deux valets qui
composoient tout son Domestique : après s'être promenés pen-

dant une heure à caufer de chofes indifferentes, comme il faifoit le plus beau tems du monde,
ils s'affierent fur un banc de ga-
fon. Je fuis étonné, dit Adrafte à
Ariftodeme, de tout ce que je vois
ici, comment avez vous pû vous
former une retraite fi agreable
dans un Pays, où d'ailleurs je ne
vois que magnificence & que Palais fuperbes? & comment les gens
avec qui vous commercez, peuvent-ils s'accomoder de votre réfidence fimple ? Je ne fuis nullement inquiet de ce côté-là, lui répondit Ariftodeme, & l'orguëil
qui regne dans cet Etat, me prive
de toute focieté, & me laiffe le
tems de cultiver la vertu en mé-
prifant la vie d'oftentation que
l'on y mene, content d'un revenu
modique, j'ai quitté les grandeurs
de la Cour où j'ai été élevé, pour
venir ici déplorer le malheur du

Souverain qui nous gouverne, &
celui de ses Sujets qui insensiblement se sont laissez entraîner au
torrent de l'exemple ; il faut faire
fumer l'encens pour plaire à notre Monarque, & ramper comme
de vils Esclaves pour occuper les
postes qui ne devoient être dis-
pensés qu'à la vertu ; je sçai les
devoirs indispensables de la subordination , & rien n'est plus
doux que de rendre ses respects à
un Prince, dont toutes les actions
sont dirigées par la Justice , qui
gouverne son peuple avec sagesse
& avec douceur, qui sçait faire le
choix des Ministres, qui en rem-
plissant les vûës paternelles qu'il
a pour son peuple, le rend heureux : mais dans un cas contraire,
quelle peine n'a pas l'honnête
homme de voir encenser le vice
& la corruption ? Vous allez à la
Cour, vous y verrez par vous-mê-

me la verité de ce que je vous dis.

Philotecte étoit charmé d'entendre parler Ariſtodeme ; ce qu'il diſoit ne partoit pas d'un cœur agité par l'humeur noire & mélancolique, qui ſe fait un principe de critiquer généralement tout ce qu'il voit ; ſes mouvemens paroiſſoient tirer leur ſource d'un naturel pur & déſintereſſé; il ne manquoit à cet homme Philoſophe, pour être parfait, que les lumieres du Chriſtianiſme ; & Philotecte fut extraordinairement ſurpris , quand il ſçut qu'Ariſtodeme étoit encore plongé dans les erreurs groſſieres du Paganiſme , & qu'il n'avoit qu'une teinture ſuperficielle de la Religion.Cette réflexion l'agita ſenſiblement; & après qu'ils ſe furent ſéparés pour prendre un peu de repos , il communiqua ſon inquietude à Adraſte : Je vous avoüerai, mon cher Adraste, lui dit ce Prince, que le discours d'Aristodême m'a extrêmement agité; je pensois que la Religion Chrétienne seule donnoit de l'horreur pour les vices, & que ce n'étoit même que par son secours que l'on parvenoit au point de dompter les passions qu'ils produisent ; cependant Aristodeme ne professe pas cette Religion, & il me paroît aussi ennemi du vice que le plus zelé Chrétien pouvoit le désirer. Votre réflexion me fait plaisir, mon cher Philotecte, lui répondit Adraste ; elle part d'un cœur qui veut s'instruire : il s'est trouvé des Philosophes Payens, qui ont eu de l'éloignement pour les vices en général; mais qui étant examiné scrupuleusement, conservoient dans l'ame des dispositions toujours prochaines à y succomber : mais la Religion a cela de propre, qu'elle fait par fa pratique perfeverer dans l'amour de la vertu, dont elle donne les premiers principes ; l'homme perfuadé de fon néant, ne perd pas de vûë un être fuprême qui lui a donné le jour : comment ne le perd-il pas de vûë ? En fe mettant toujours devant les yeux la Loy qu'il lui a donné, il ne fçauroit s'en écarter, fans fe rendre criminel ; s'il fuit exactement cette Loy, il pratique aifément les vertus dont elle eft la bafe & le fondement; s'il s'en écarte, il tombe dans leur contraire, il faut avoir recours au Legiflateur, pour obtenir le pardon de l'infraction de la Loy ; le Legiflateur offenfé peut pardonner, ou ne pas pardonner; comment d'ailleurs un Roy qui enfraint la Loy de Dieu, peut-il fe flâter que fes Sujets

C iiij

executeront fidelement celles qu'il imposera, pour entretenir l'union & la concorde qui, en soutenant l'Etat, affermit en même tems le Thrône sur lequel il est assis; au lieu que quand un peuple voit son Prince asservi aux Loix du Créateur, il se soumet aisément aux siennes, & les pratique même avec joye.

Leur conversation ne fut pas poussée plus loin; il étoit tard, & Adraste rouloit dans sa tête un projet auquel il vouloit réflechir mûrement.

Le lendemain Aristodeme entra dans la chambre de ses hôtes; si-tôt qu'il sçut que la bienséance le lui permettoit, pour les engager à prendre quelques jours de repos chez lui : La simpathie si naturelle entre deux hommes vertueux, avoit fait son effet sur Aristodeme & Adraste ; & ces

deux illuftres perfonnes fe fen-
tirent l'un pour l'autre une eftime
toute particuliere : Adrafte, fuivant fon projet de la veille, fe fit
connoître à Ariftodeme, & lui
découvrit en même tems qui étoit
Philotecte, & le fujet de leur
voyage, en le priant cependant
de ne point changer fa maniere
de vivre, & en l'engageant de les
accompagner dans leur voyage,
& de venir admirer à Conftantinople les vertus du Grand Conftantin & le bonheur dont joüiffoit la plus grande & la plus belle
partie de l'Univers foumife à fon
Empire.

Ariftodeme ne balança point
à accepter fes offres, il quitta fon
aimable folitude, & voulut bien
fervir de guide aux deux illuftres
voyageurs, qui de leur côté furent charmés de trouver dans ce
Philofophe un homme qui, con-

noissant le Pays, pouvoit leur
caracteriser jusqu'au moindre sujet qu'il renfermoit; ils partirent
ensemble de cette délicieuse retraite, & après avoir fait trois journées de chemin, sans qu'il leur
arrivât rien de singulier, ils par-
vinrent enfin à la Capitale du
Royaume.

Tout ce que produit le luxe &
la magnificence étoit répandu
dans cette Ville; on y voyoit briller de toutes parts l'or avec profusion, les maisons superbement
bâties, les hommes & les femmes
habillés avec un goût où le luxe
brilloit avoit éclat. Philotecte fut
frappé d'un étonnement extraordinaire ; ils furent descendre à
une Hôtellerie où logeoient ordinairement les Etrangers de quelque consideration ; l'abord du
logement ne plut pas au jeune
Prince; il ne voyoit pas dans le

peuple l'air affable, doux & engageant qu'il trouvoit dans ſes Sujets, & qui forme un attrait ſi puiſſant ſur l'Etranger; un certain je
ne ſçai quel air dur étoit répandu
ſur tous les viſages,& les gens deſtinés aux œuvres ſerviles le faiſoient avec une répugnance qui
n'inſpiroit aux gens ſenſés qu'un
mépris formel de leur vanité.
Ariſtodeme ſuivoit les mouvemens de Philotecte & ne laiſſoit
échapper aucune occaſion de lui
faire appercevoir la plus petite
ſingularité du vice commun à
cette nation; ils furent logés très-
commodément ; & pour entrer
davantage dans le détail du caractere de ce peuple, Adraſte voulut
ſéjourner quelques jours dans
cette Ville, afin d'en parcourir
les quartiers differens,& ſur-tout
le Palais du Souverain qui paſſoit
pour une merveille & un aſſemblage de tous les Arts.

On ne voyoit pas dans la Ville
ce concours de peuple laborieux
& infatigable que l'on trouve
dans celles qui font reglées par
une exacte police ; l'orgüeil des
Habitans les empêchoit de travailler aux arts & aux métiers,
qui pourvoyent fi abondamment
aux befoins de la vie. Comme ils
étoient à raifonner fur ce déreglement, on entendit un grand
bruit dans la rüe ; ils coururent
aux fenêtres, & virent pafer un
équipage fuperbe avec un corte-
ge nombreux : Philotecte demanda d'abord à Ariftodeme, fi c'é-
toit celui du Roy. Non, lui répondit cet honnête homme, en fou-
riant, ce n'eft ici que le Miniftre
de l'Etat que vous allez voir paffer ; enfin après une file de chevaux & de mulets de près d'un
quart-d'heure , parut un char
magnifique fur lequel étoit affis

nonchalemment un homme d'environ quarante ans, d'une phisio-
nomie affez baffe, dont les coudes
étoient appuyez fur des couffins
couverts d'étoffe d'or, & qui à
peine levoit les yeux fur une
foule de peuple qui s'étoit amaffé;
voyez, dit Ariftodême au jeune
Prince, l'orgueil qui eft répandu
dans la figure, ou pour mieux
dire, dans l'efpece d'Idole qui eft
traînée dans ce char. Cet homme, dont le pere faifoit autrefois
des brodequins, a fçu par mille
complaifances criminelles pour
les Grands de l'Etat, qu'il a ruinés
par fes ufures, amaffer des tréfors
immenfes ; malgré l'orgueil qui le
domine, il a fçû plier fon goût à
celui du Souverain ; & avec ce
feul merite, il eft parvenu au
grade de premier Miniftre ; il eft
devenu le canal par où coulent
toutes les graces & les faveurs du

Roy. Cet homme eſt interieurement & univerſellement deteſté;
& tel qui va lui faire la cour, voudroit le voir attacher à un gibet;
à peine les plus diſtingués de la
Ville oſent-ils le regarder.

Que vous me ſurprenez, lui répondit Philotecte ! Le premier
Miniſtre dans les Etats de mon
pere eſt ordinairement un homme choiſi parmi ce que nous
avons de plus illuſtres pour la
ſcience, la capacité, le déſintereſ-
ſement & l'affabilité. Celui qui
occupe aujourd'hui cette place a
eu ſoin de l'éducation de mon
pere & en a fait un Roy propre à
ſervir de modele à tous les Princes qui veulent regner ſuivant
l'équité ; humble dans ſon élevation, ſage dans ſa conduite, affable dans ſon miniſtere, frugal
dans ſa dépenſe, réſervé dans ſon
domeſtique, dur à ſoi-même, ne

connoiſſant la tendreſſe que pour
le peuple : Heureux les Sujets qui
vivent ſous un tel gouvernement,
s'écria Ariſtodeme ! content de
ce qu'ils ont, ils ne ſouhaitent pas
de poſſeder ce qu'ils n'ont pas, &
la douceur du gouvernement fait
naître parmi eux une harmonie,
qui en les uniſſant fraternelle-
ment, inſpire aux Etrangers une
envie de vivre ſous des Loix ſi
douces.

Nos voyageurs ſouperent ce
ſoir en particulier, & le lendemain matin Adraſte entra de
bonne heure dans la chambre de
Philotecte, qu'il trouva déja à
moitié habillé. Avoüez, mon
Prince, lui dit ce fidele ami, que
tout vous paroît ici nouveau, &
que nous avons fait une acquiſition bien utile dans la perſonne
d'Ariſtodeme. Je vousavoüerai, lui
répondit Philotecte, que je trouve

un grand merite dans ce Philoſophe, & que la maniere dont il a
hier caracteriſé le premier Miniſtre de cet Etat, m'a touché : comment un Roy peut-il être aſſez
aveugle, pour ne trouver du mérite que dans l'homme de ſon
Royaume qui en a le moins.
L'orguëil cauſe des plus grands
déſordres, lui répondit Adraſte.
Un Prince en qui ce vice eſt dominant, écarte de lui tous les gens
vertueux & capables de lui donner des conſeils ſalutaires pour le
bien de ſon Etat. La veritable vertu eſt ennemie de l'oſtentation,
& celle que l'orguëil inſpire, ne
peut s'accomoder avec l'envie de
faire le bien & d'être utile à la
patrie ; le vice & la corruption
prennent trop le deſſus, & l'homme livré à ſes paſſions compte
pour rien le reſte du genre
humain ; il ne regarde plus ſes
                            ſemblables

femblables que comme autant de créatures deftinées à fuivre tout ce que fa dépravation peut lui infpirer. Le Prince livré à l'orgueil abandonne le culte de la Divinité; fa paffion devient fon idole, & Dieu permet que fon cœur s'endurciffe de plus en plus, jufqu'au moment que fa mefure étant comblée par l'iniquité, il fe précipite de lui-même dans les défaftres les plus affreux.

Philotecte avoit achevé de s'habiller, pendant qu'Adrafte parloit; & Ariftodeme les ayant joint, ils fortirent pour fe rendre au Palais : je ne ferai pas ici la defcription de ce vafte édifice, il étoit digne de celui qui l'habitoit; tout y étoit brillant & fuperbe. Ariftodeme ne craignoit pas d'être reconnu; une abfence de plufieurs années avoit un peu changé les traits de fon vifage, outre

D

que les Courtifans, à l'exemple
du maître, oublioient aifement
les perfonnes douées de quelques
vertus. L'accès de ce Palais étoit
facile, non pas par cette affabilité,
qui dans d'autres Royaumes donne aux Sujets & aux Etrangers
une entrée libre jufques dans la
chambre du Roy, mais par le
feul motif d'en faire remarquer la
magnificence; ce qui attire plûtôt le mépris de l'homme fenfé,
que l'admiration, quand d'ailleurs, les pierreries, l'or & le
marbre employés avec profufion
dans l'édifice ne proviennent pas
d'une fource pure.

Nos curieux rencontrerent
dans les appartemens plufieurs
Courtifans qu'Ariftodeme leur
faifoit remarquer : Voyez-vous
cet homme paré fi magnifique-
ment, dit ce Philofophe à Philotecte ? à fa démarche altiere &

imperieufe, ne s'imagineroit-on
pas que l'Univers entier auroit
peine à le contenir; cependant
il n'eft rien moins que ce qu'il
paroît: avec le fecours de quelque lecture & de beaucoup d'imprudence, il a trouvé le moyen
de faire defcendre notre Monarque d'un fils d'Aridée frere d'A-
lexandre le Grand; rien n'a jamais été mieux imaginé pour plaire au Prince, qui a fait graver
cette Génealogie en lettres d'or,
& l'a fait adopter dans fes Etats
par un Edit plus folemnel qu'il
n'auroit fallu, pour faire reconnoître fa domination; on a reçû
cette Loy avec un refpect qui
approche de l'adoration; & je ne
doute pas que le Roy, à l'exemple
de fon grand oncle prétendu, ne
pouffe bien-tôt l'orgüeil, jufqu'à
faire inferer Jupiter Hammon au
rang de fes ancêtres. Voilà les
D ij

dégrès par où cet homme eſt
monté au ſommet de la faveur.
Quel aveuglement , répondit
Adraſte ! l'homme ne doit-il pas
ſe contenter de ſe voir dans un
rang, qui le met au-deſſus de ſes
ſemblables? & une famille cou-
rante de vertus en vertus , par
une ſucceſſion bien ſuivie, a-t'elle
beſoin d'emprunter ſon auteur
dans l'imagination creuſe de nos
poëtes,& dans l'adulation du vulgaire qui y a donné croyance. Ils
furent interrompus en cet endroit par un mouvement extraordinaire , qui leur fit connoître
que le Roy alloit paſſer ; & en
effet , il parut un moment après.
Ce Prince étoit de la plus belle
taille du monde ; il avoit les traits
fort reguliers, quelque choſe de
grand dans la phiſionomie ; en un
mot tout formoit en lui ce que le
monde appelle un bel hom me

cependant il ne plut pas à Philotecte;& sa démarche fiere jointe
au dedain qu'il affectoit pour tout
ce qui l'environnoit, inspira à notre jeune Heros beaucoup plus
de mépris que d'admiration : la
foule étoit nombreuse ce jour-là
à la Cour ; & Aristodeme s'étant
informé du sujet de la pompe
qu'il voyoit passer, on lui répondit qu'il falloit qu'il fût étranger
pour ignorer la céremonie qui se
faisoit ce jour-là, c'étoit la con-
secration d'un Temple bâti à
l'honneur du Monarque, dont les
sujets, par un excès de flaterie,
faisoient d'avance l'apotheose;
nos illustres voyageurs suivirent
la foule, & entrerent pêle-mêle
dans le Temple, où ils furent témoins de l'extravagance d'un
peuple qui, par cette impieté
imitoit la bassesse des Romains
dans les honneurs divins. qu'ils

rendoient à leurs Empereurs les
plus diſſolus ; ils n'eurent pas la
force de voir achever la cérémonie ; & s'étant retirés à leur logement, Philotecte qui étoit reſté
muet juſques-là , rompit le premier le ſilence ; ce jeune Prince,
nouveau Neophite, avoit regardé
avec horreur l'indigne paralelle
qu'il venoit de voir faire d'une
foible créature avec le Créateur ;
eſt-il poſſible , s'écria-t'il , que
l'homme puiſſe être capable d'un
tel déreglement ? Ne ſent-il pas
aſſez ſa foibleſſe ? Non, mon cher
Prince, répondit Adraſte, & il n'y
a pas d'extremité où ne ſe porte
un Prince que l'orgüeil domine :
le vice à cela de propre, qu'il
cauſe à l'homme une ſoif inſatiable de prétentions nouvelles ; la
baſſe flaterie du Courtiſan irrite
ſans ceſſe l'appétit déſordonné
d'un Roy enchainé par les liens

de l'orgeuëil; dabord la foumiffion des hommes lui plaît, mais il
n'a pas pour fes Sujets les retours
de tendreffe & de douceur, qui
font trouver de l'agrément & du
goût dans la fubordination; il ne
penfe pas qu'étant l'oint du Seigneur pour gouverner le peuple,
il doit imiter en tout celui qui
donne les fceptres & les couron-
nes, & que plûtôt pere que maître, fon Royaume n'eft qu'une
famille dont il eft le chef; que fi
ce peuple forme les membres du
corps politique qui foutiennent
le Roy qui en eft le centre, il doit
de fon côté, ainfi que l'eftomach
dans le corps humain, fournir à
ces membres les forces néceffaires pour agir : c'eft ici le contraire ; le Prince s'accoutume
à voir cette obéïffance aveugle,
de façon qu'elle lui devient infi-
pide ; & comme fon penchant

l'entraine continuellement à
souhaiter des nouveaux objets, il
désire quelque chose de plus que
le respect ordinaire, le demon en
possession de cette ame corrompuë, fait agir ses prestiges, & notre
insensé s'imagine qu'il y'a en lui
quelque chose de surnaturel ; les
flateurs arrivent sur ces entre-
faites, & ne donnent plus de bornes à leur adulation ; il faut dres-
ser des Autels à cette vile créature, qui ne revient de son yvresse
que lorsque Dieu lassé de ses
iniquitez, afflige ce corps présomptueux de quelque maladie;
c'est alors qu'en second Alexandre, il ressent les foiblesses de la
nature, & qu'il a lieu de connoître le faux de son origine divine,
mais il est souvent trop tard, &
Dieu fatigué d'attendre, n'écoute
plus la voix de l'impie. Voilà, mon
cher Prince, ajouta Adraste, où
mene

mene l'orguëil ; David, tout faint
qu'il étoit , fit le dénombrement
de fon peuple , par un efprit de
vanité, il en fut puni. Mais l'homme adorant l'Etre fuprême en efprit & en verité, ne tombe pas
dans ce malheur ; il fçait qu'il n'y
a qu'un Dieu, qu'il ne peut y en
avoir qu'un ; il conferve toujours
devant les yeux l'Image de la Divinité ; il eft perfuadé que toutes
les Créatures lui font fubordon-
nées, qu'il n'eft rien auprès de lui,
& que fi , par une faveur finguliere marquée dans fa prefcience
éternelle, il eft né pour commander aux hommes, c'eft fur le propre modele de Dieu qu'il doit
former des Loix , & les faire exécuter.

Adrafte en refta là ; on vint les
avertir qu'il étoit tems de fouper:
le Prince avoit fouhaité de manger à une table commune avec

E

plusieurs autres personnes qui étoient logées dans la même Hôtelerie, afin de connoître plus particulierement le caractere du peuple; mais il fut surpris qu'au lieu de voir cet air gracieux & prévenant que toutes les nations polies ont ordinairement pour les Etrangers, à peine s'apperçut-il de la moindre honneteté; tous ceux qui étoient à la table avoient un air dur & composé; il n'étoit pas question d'y trouver ces ouvertures de cœur assez ordinaires dans les repas, où en donnant à la nature les besoins nécessaires, on produit à l'ame une certaine liberté qui inspire la joye & cultive en même tems l'esprit, chacun ne s'appliquoit qu'à se donner un air de hauteur qui denotât une superiorité. Le souper fut court; & Philotecte étant retiré dans son appartement, avoüa à Adraste qu'il s'étoit fort ennuyé pendant le repas, & qu'il ne doutoit plus que le Roy ne se fit connoître jusques dans le plus petit de ses Sujets. Adraste l'ayant confirmé dans cette idée, ils se séparerent d'Aristodeme pour prendre un peu de repos.

Ils sortirent le lendemain de bonne heure pour aller visiter les principaux quartiers de la Ville : Philotecte ayant apperçu une maison magnifique, & qui ne cedoit en beauté qu'au Palais du Souverain : quelque Prince fait sans doute sa résidence dans cette belle demeure, dit-il, à Aristodeme; personne n'y reside, répondit ce Philosophe; mais nous pouvons y entrer, c'est le Palais destiné à loger les Ambassadeurs Etrangers; le pere du Roy regnant l'a fait bâtir, & sous son regne tous les appartemens en

E ij

étoient occupez, toutes les Puis-
fances non foumifes à l'Empire
Romain, entretenoient des réfi-
dens à la Cour de ce Prince; mais
cela a changé de face. Ils entrerent dans le Palais qu'ils parcoururent entierement. Philotecte
fut furpris de remarquer parmi la
magnificence que l'on y voyoit
regner, une negligence qui ternif-
foit tout l'éclat qu'il y avoit d'ailleurs ; l'herbe croiffoit dans les
cours, les jardins étoient dans un
dérangement affreux, qui mar-
quoit qu'ils n'étoient plus fre-
quentez. Les Rois voifins de cet
Etat n'y envoyent donc point
d'Ambaffadeurs, dit Philotecte? Il
n'en a pas paru depuis long-tems,
répondit Ariftodeme, & les Princes voifins rebutez des manieres
hautaines d'Alphée, ne fe font
pas fouciés d'entretenir aucune
liaifon avec lui : c'eft la fuite or-

dinaire de l'orguëil, répartit Adrafte; un Souverain n'eft attiré chez
un autre Souverain, que par l'attrait des vertus qui regnent en
lui : Les hommes font faits pour
former les doux liens de la focieté
qui font le charme de la vie ; mais
il faut pour cela des qualitez ef-
fentielles & prévenantes qui puiffent attirer l'Etranger chez nous,
la réputation qui vole en peu de
tems de Royaume en Royaume,
imprime par tout une admiration
refpectueufe, quand elle eft fondée fur la vertu; un Roy paifible,
jufte & religieux s'attire la confiance de fes voifins, qui, perfuadé de fon équité, le choififfent
pour arbitre de leurs differends
quand il naît entr'eux quelque
alteration; content du patrimoine
de fes peres, il ne convoite pas celui de l'Etranger, n'étant occupé
que du bonheur de fon peuple,

E iij

on vient admirer fa fageffe ; tous
les Princes voifins ont un interêt
notable à fa confervation, parce
qu'il tient, pour ainfi dire, dans fes
mains la balance de l'équité, qui
empêche que le foible ne foit accablé par le fort ; au lieu qu'un
Prince orgueilleux devient l'objet de la haine & du mépris du
monde, le vice ne fe fait pas re-
chercher ; mais, dit Philotecte,
Alphée eft puiffant, comment en
fe voyant meprifer, ne porte-t-il
pas la guerre & la terreur dans les
Etats voifins, pour fe vanger du
mépris que l'on fait de fon amitié?
Vous vous trompez, lui repartit
Adrafte, fi vous croyez qu'Alphée
foit puiffant, il n'eft rien moins
que ce qu'il paroît; infatué de fon
propre merite, il ne fonge nullement à ce que l'on appelle les
forces de l'Etat, fon indolente
fecurité lui fait negliger les forti-

fications des Places, qui font ouvertes à la cupidité du premier mécontent ; il eft haï interieurement de fes Sujets, incapables de cette fubordination fi neceffaire dans le Militaire ; point de Troupes reglées ; quelles operations peut faire une Armée ramaffée à la hâte, & nullement difciplinée? ces gens accoutumés à une vie licentieufe, ne pouroient pas fupporter les fatigues d'une campagne, d'ailleurs le principal nerf de la guerre manque ici, les fommes immenfes qu'Alphée dépenfe en extravagances affoibliffent fon Tréfor. Il n'eft pas tems d'amaffer de l'argent & de tirannifer le peuple, quand les campagnes font défolées par le fer & le feu de l'ennemi; le peuple fe roidit dans ces momens de défolation, & le culte refpeêtueux qu'il rendoit cy-devant à l'idole, fe convertit

E iiij

bien-tôt en mépris & en rage : Le
Prince alors se voyant abandon-
né, tombe dans les malheurs les
plus affreux qui ne lui laissent
pour toute ressource que le desespoir ; il a beau appeller ses Dieux
à son secours, ils sont impuissans,
Jupiter ne sçauroit aider un de ses
descendans : au lieu qu'un Prince
pieux & guidé par la sagesse, ne
craint point ces revers ; après
avoir mis sa confiance en Dieu
protecteur fidele de l'innocence,
il travaille avec confiance à empêcher que des voisins inquiets
ne viennent troubler la felicité
de son peuple, il entretient toujours sur pied un certain nombre
de Troupes, qui ne foulant pas
le peuple, le mettent à l'abri des
insultes ; ces Troupes bien disci-
plinées servent pendant la paix,
à des ouvrages utiles à la Patrie,
tels que l'entretien des fortifica-

tions des Places frontieres , celui des chemins & des canaux neceſ-ſaires pour faire fleurir le Commerce ; ſes coffres ſont toujours remplis, afin qu'en cas de guerre, il ne ſoit pas obligé de ſurcharger le peuple par un nombre d'impôts, qui ſouvent cauſent la ruine du corps politique , ſans apporter un grand profit à l'Etat; un Prince dans cette ſituation , n'a rien à craindre ; il a la protection viſible du Ciel , ſa juſtice & ſa candeur le font aimer de ſes voiſins , & ſa prévoyance continuelle l'en fait craindre & reſpecter.

Ils ſortirent de cette maiſon pour continuer leurs viſites, après avoir marché près d'un quart d'heure, ils arriverent dans un quartier où tout leur parut nouveau ; ce n'étoit plus cette magnificence & ce brillant qu'ils avoient remarqué juſques-là dans

la Ville ; une maison antique &
affreuse en faisoit tout l'ornement ; des murs élevez d'une
hauteur prodigieuse ; des tours
qui les flanquoient de toutes
parts, des portes basses & bien
gardées composoient cet édifice,
de grosse barres de fer en garnis-
soient les fenêtres ; Voilà qui res-
semble à une Forteresse, dit Philotecte ; ce n'est pourtant pas une
fortification, répondit Aristodeme, c'est la prison publique, il faut
y entrer ; & après avoir vû l'orgueil qui domine si absolument
tous les Sujets de cet empire, vous
trouverez ici les suites funestes de
ce vice, moyennant quelquespie-
ces d'argent, Aristodeme intro-
duisit nos illustres curieux dans
l'interieur de cette triste demeure où Philotecte fut surpris d'y
voir la quantité prodigieuse des
personnes des deux sexes & de

tout état qui y étoient renfermés;
comment un Prince auffi puiffant
qu'Alphée,&qui fait tout les jours
tant de dépenfes frivoles, peut-il
laiffer languir fes Sujets dans la
captivité,s'écriaPhilotecte,quand
ils eurent parcouru tous les appartemens de cette vafte maifon?
Que ne répand-il l'or à pleines
mains pour foulager tant de malheureux,& leur rendre la liberté,
le don le plus précieux qu'on puiffe faire à l'homme ? Votre réflexion part d'un excellent naturel;
lui répondit Adrafte ; mais, mon
cher Prince , elle n'eft pas jufte
dans toutes fes parties , ou du
moins elle merite des diftinctions;
j'avoüe qu'il fe trouve parmi les
gens que nous venons de voir,
des malheureux involontaires,
c'eft-à-dire des hommes, dont les
affaires font dérangées par des
malheurs & des accidens , que

toute la prudence humaine ne
fçauroit ni prévoir ni éviter, ceux-
ci meritent la protection du Prince & la compaſſion de l'honnête
homme ; mais la plûpart ſe ſont
attirés leur infortune par leur
orgueil : les dépenſes extrava-
gantes, la ſenſualité, l'envie de
s'élever au-deſſus de ſon état, &
le luxe ruinent inſenſiblement les
fortunes les mieux établies, &
conduiſent les hommes dans le
précipice ; le peuple qui vit ſous
le gouvernement d'un Roi ſage
& prudent, n'eſt point expoſé à
ces diſgraces ; le Souverain par
des Edits ſolemnels regle les differens états qui compoſent le
corps politique de ſon Empire; il
a un ſoin particulier d'interdire
l'entrée du luxe & de la profuſion;
ſon peuple eſt laborieux, chacun
content de ſa ſituation ne cherche pas à s'élever ſur les ruines

de fon prochain ; chaque Artifan occupé de fon travail , ne court pas d'idée en idée ; il n'embraffe point plufieurs métiers à la fois; il fe contente d'en executer un parfaitement.La vie frugale qu'il mene,les habits modeftes qu'il porte, ne dérangent point fa petite fortune,fa dépenfe regléefur fes profits le tient toujours dans une heureufe abondance ; les Grands de l'Etat cherchant à imiter leur Prince dans fes vertus, ne voyent point paffer leurs terres dans des mains étrangeres; le riche Négociant ne s'attache pas à avoir des équipages magnifiques,fa fortune entiere roule dans fon commerce, & ne court pas de rifque de fe perdre en fumée; pendant que les hommes font employés au dehors à arranger leurs affaires,pour foutenir avec honneur leur propre réputation & celle de l'Etat en gé-

néral , les femmes renfermées
dans le dedans, ne sont occupées
que de leur famille ; leur faste &
leurs plaisirs ne dérangent jamais
l'œconomie du commerce ; leur
parure simple & modeste n'altere
point le coffre fort;elles font con-
sister toute leur beauté dans la
vertu, & leur merite dans la sim-
plicité; les enfans élevés dans ces
principes se forment naturellement sur la sagesse , la crainte de
Dieu qu'on leur inspire dès leur
plus tendre jeunesse , leur donne
une connoissance parfaite de la
Divinité, de tous ses attributs &
de l'étroite obligation où ils font
d'executer ses commandemens;
cette obéïssance les conduit sans
peine à l'observation des Loix du
Souverain, qu'ils regardent comme une Image vivante de Dieu
sur la terre. Le Magistrat chargé
de l'exécution des ordres du Roy,

n'eſt point obligé d'infliger des
peines ni d'uſer de menaces pour
les faire obſerver. Tout concourt
unanimement pour le bien du
Royaume: Voilà, mon cher Philotecte, continua cet homme vertueux, ce qu'un Prince équitable
doit faire pour prévenir les malheurs que nous venons de voir;
il eſt plus aiſé au Legiſlateur d'aller au devant du crime, que de le
corriger; ſa prévoyance part d'un
cœur tendre & paternel, la punition ne va pas ſans rigueur; &
quoiqu'elle ſoit un attribut de la
Juſtice, les tourmens révoltent
la nature.

Nos trois illuſtres voyageurs
ſouperent & ſe coucherent de
bonne heure ce jour-là, afin de
ſe trouver en état de parcourir
le lendemain le reſte de la Ville,
& ſe préparer à leur départ.
Adraſte content d'avoir fait

remarquer à Philotecte les vices.
en général, ne vouloit pas le laiffer longtems dans un endroit fi
pernicieux; il voyoit que fon E-
leve n'étoit pas exempt de foi-
bleffe,& il ne vouloit que lui faire
remarquer la laideur du vice,
fans lui donner le tems de réflechir fur ce qu'il renfermoit de
flatteur pour la nature.

Le lendemain Ariftodême les
conduifit au Palais où fe rendoit
la Juftice, pour les mener enfuite dîner dans une petite Maifon
proprement bâtie fur un canal
qui conduit à la mer Cafpienne,
& qui formoit un Port très-utile
dans le tems que le commerce
floriffoit dans cette Capitale ; il
les mena d'abord au Palais, ils
entrerent dans une Salle magnifique : une foule de peuple écoutoit attentivement un homme qui
parloit feul ; les Juges étoient
affis

assis sur un banc élevé au-dessus des autres, les uns dormoient, les autres paroissoient donner une attention singuliere au Plaidoyer, & sourioient de tems en tems en branlant la tête, de la sotise, apparemment de ceux qui jouoient le rôle utile de cette espece de Comédie. Philotecte eut l'oreille attentive au discours de celui qui parloit, tantôt avec une voix douce & insinuante, tantôt avec les emportemens d'un homme en colere ; & enfin après l'avoir écouté pendant une grande heure, on en vint à la conclusion, & l'Orateur demanda qu'une fille qu'il avoit reclamée, comme née d'une des esclaves de sa Partie, lui fût adjugée : un autre s'écria dans le moment, qu'il étoit faux que cette fille fût telle qu'on la disoit, & qu'elle étoit née de personnes libres ; pendant ces débats

E

les Juges furent aux opinions, &
prononcerent en faveur du premier : la fille , qui étoit d'une
beauté peu commune, fut adjugée & remife entre les mains de
l'ufurpateur ; après quoi on leva
le fiége. Nos Voyageurs fe retirerent dans un endroit écarté ,
pour raifonner tranquilement fur
cet événement. Philotecte gar-
doit un profond filence , qu'Ariftodeme interrompit , en l'ap-
plaudiffant cependant fur le fujet de fa rêverie, qu'il jugea pro-
venir de l'horreur qu'il avoit de
l'injuftice qu'il venoit de voir
commettre ; Je ne fuis pas furpris, mon cher Prince , lui dit
cet honnête homme , que vous
foyez indigné contre l'Arrêt que
vous venez d'entendre prononcer ; j'en ferois moi-même étonné fi je ne connoiffois pas à fond
le génie de cette nation ; l'hom-

me qui a demandé la fille comme née d'une de ses esclaves, posséde aujourd'hui la direction principale des finances de cet Etat ; sa puissance n'a point de bornes, en fournissant largement au luxe du Prince il s'en attribue toute l'autorité. Il a vû cette aimable fille, il en est devenu amoureux ; la passion dans une ame corrompue ne tend qu'au crime, & lui fait imaginer les détours les plus inoüis pour la contenter ; l'or lui fait trouver aisément des témoins pour donner à son crime telle couleur qu'il lui plaît, son pouvoir lui acquiert les suffrages des Juges vendus à l'adulation & à l'interêt ; & voilà comment, contre tout droit & raison, il enleve à un pere & une mere affligés, un enfant, l'unique objet de leur tendresse, pour la livrer à la prostitution. Cet exem-

ple, qui nous rappelle celui de
ce fameux Romain dont la vengeance fut si funeste à Virginie sa
fille & au Decemvir Appius, doit
vous donner de l'horreur pour le
reste ; cette licence, jointe à l'efprit présomptueux du peuple,
arme les hommes les uns contre
les autres ; de-là naît la quantité
de procès, qui en enrichissant les
Suppôts de la chicane, réduisent
le peuple à la mendicité. Un
homme ne sçauroit entrer ici
dans la jouissance du patrimoine
de ses peres, que la Justice n'en
ait envahi la moitie ; le Souverain n'est pas instruit de ce désordre, l'impudence marche à la
tête des Arrêts, les Juges con-
noissent à peine les Loix. Tel est
le déréglement qui regne sous
un Prince livré à ses passions, au
lieu que sous un Roy juste l'é-
quité se manifeste par tout, les

Juges sont choisis parmi les gens
vertueux, habiles dans la connoissance des Loix, désinteressés,
& dont toute la gloire consiste à
rendre une Justice éxacte ; & si
par hazard il s'en trouve quelques uns livrez à la corruption
ou à l'ignorance, le Roy se reser-
ve toûjours un Conseil superieur, composé des plus illustres
personnes de l'Etat, où le Sujet
a la liberté de se plaindre ; le
droit des Parties & la conduite
du Juge même y sont examinés
scrupuleusement, & la Justice
rendue au poids du Sanctuaire.
L'homme indispensablement o-
bligé d'avoir un Procès, dans
l'appréhension continuelle où il
est de succomber à la sollicita-
tion, regarde ce Conseil suprême
comme un réfuge assuré contre
l'injustice, le Souverain qui y pré-
side, les personnes qui le compo-

sent, n'ont que la Religion & la vertu pour guides; le Roy est là comme l'Astre du jour, qui répand avec équité ses heureuses influences sur toutes les créatures subordonnées. Cette conduite, en imprimant le respect aux Juges, attire l'amour & la confiance du peuple, & Dieu jaloux de la Justice, répand abondamment ses graces & ses bénédictions, tant sur le Prince, que sur le Royaume en général.

Philotecte goutoit avec plaisir le discours d'Aristodeme, il en sentoit intérieurement la force, & ce Prince né avec les dispositions les plus heureuses pour la vertu, s'appercevoit que son cœur se révoltoit insensiblement contre le vice; il admiroit en secret les ressorts de la Providence qui avoit conduit Adraste dans les Etats de son pere, il regardoit cet homme comme un Envoyé du Ciel pour lui faire gouter dans ce monde une felicité qui conduit insensiblement les hommes à l'éternelle. Aristodeme, quoique payen, lui paroissoit un homme surnaturel, & sa rencontre, un de ces effets extraordinaires qui ne peuvent être attribués qu'à la conduite de l'Auteur de la nature.

Ils sortirent de ce gouffre, & se rendirent à la petite maison où ils devoient dîner ; après le repas, ils se promenerent le long du canal sur lequel elle étoit bâtie, le Port étoit presque comblé par la vase que la mer y amenoit ; il n'y paroissoit que quelques barques de Pêcheurs & quelques débris de vaisseaux négligés depuis long-tems : Que de dépenses inutiles, on a fait ici ! dit Philotecte, ce Port est désert, & je n'y apperçois pas ce concours de peuple & ce travail continuel que l'on voit dans les Ports des Etats de mon pere; d'où vient-donc cette négligence? Elle provient, dit Ariltodeme, de l'orgueil même du Souverain & du peuple; Dieu a difposé toutes les nations de maniere qu'elles ont befoin les unes des autres: chaque Pays produit fa denrée particuliere, chaque peuple s'adonne à un commerce que lui procure fon induftrie, qui tire fa fource du produit du Pays même; mais pour former ce commerce entre des nations fi differentes de mœurs & de caracteres, il a été nécessaire que les hommes fe servissent de l'ufage de leur raifon, & qu'enchaînés les uns aux autres, tant par l'interêt que par des motifs de Religion, ils pratiquassent l'urbanité, qui caracterife fi bien l'homme: un Roy amateur

mateur du bonheur de son peuple, attire chez lui l'étranger par
cette franchise qui gagne les hommes ; la protection qu'il accorde
au commerce, le goût des Arts
& des Sciences, la Justice exacte
qu'il rend au Particulier, la sûreté publique qu'il établit dans
ses Etats, donnent du goût aux
nations les plus éloignées de venir commercer chez lui, & d'y apporter l'abondance ; la paix qu'il
entretient avec ses voisins, rend
les chemins libres; sa bonté le fait
entrer dans des plus grands dé-
tails; il a soin d'avoir toûjours un
certain nombre de Vaisseaux bien
entretenus ; il ouvre sa main liberale pour aider au commerce ; il
n'établit pas de droits onereux sur
les denrées étrangeres qui arrivent dans ses Ports, & qui dégoû-
tent souvent les autres nations ;
content d'un profit honnête pour

G

le tréfor, il laiffe le plus confidérable au peuple ; c'eft un argent
qui lui eft toûjours acquis, quand
il lui plaît, fes Sujets n'en font que
les honnêtes Éconômes.   Voilà
comment un Prince équitable fait
fleurir le commerce dans fes E-
tats.   Mais notre Monarque en
a agi autrement , il a regardé fes
voifins avec mépris : les Miniftres
de fa tyrannie ont voulu lever des
droits exhorbitans fur les Mar-
chandifes qui arrivoient dans le
Port ; leur air dur & préfomp-
tueux a rebuté l'étranger, le peuple,à leur exemple,a païé de mauvaife foy la plupart de fes corref-
pondans à qui on a denié toute
Juftice : ces gens fe font laffé
& ont porté leurs vûes ailleurs.
L'orgueil a fait tomber le particulier dans la faineantife ; le travail
des Manufactures a ceffé, & tout
eft tombé dans la confufion.

Voilà , interrompit Adrafte ,
où le commerce d'un Etat eft réduit, quand le Souverain ne s'en
rend pas le premier & le principal protecteur : l'homme a befoin
d'émulation pour fe foutenir dans
l'exercice continuel que le commerce exige , il lui faut des Loix
pour l'accoutumer à exécuter fidelement les engagemens qu'il
contracte ; & l'exemple du Prince en eft la premiere & la plus
folide.

Ils acheverent ainfi leur promenade, & fe retirerent pour fe
préparer à leur départ ; chaque
réflexion jettoit Philotecte dans
l'étonnement, fon peu d'experience ne lui avoit fait jufques-là
regarder les chofes que par la fu-
perficie ; il s'étoit imaginé qu'il
fuffifoit qu'un Prince pour être
un grand Roy, fçût commander
à fes Sujets & s'en faire craindre,

G ij

& que tout son bonheur consistoit dans l'obéissance du peuple ;
il n'alloit pas à la source de cette
obéissance & aux effets qu'elle
produit quand elle part du cœur :
il en discourut le soir avec Adraste, il lui fit voir son ame toute
nue, & les combats tumultueux
que tout ce qu'il venoit de voir
lui causoit. Les obligations d'un
Roy sont extrêmes, lui dit ce digne ami ; Dieu nous a donné des
Rois, il a mis en eux le caractere
de grandeur, qui en imprimant
du respect au peuple, doit, étant
temperé par la douceur & l'humanité, s'en attirer l'amour : Dieu
veut être obéi des hommes, il leur
a donné des Loix qu'il faut exécuter, si on veut parvenir à cette
beatitude qu'il a préparée pour
les Justes ; mais il ne demande pas
une crainte d'esclave, il veut de
l'amour, & que l'homme par un

retour sincere envers lui, recon-
noisse avec une tendresse de fils
les bienfaits dont il est comblé
par un pere jaloux de son bonheur. De même un Roy juste
& équitable, regarde ses Sujets
comme ses enfans. A l'exemple
du Créateur dont il est l'image,
il ne leur donne que des Loix sa-
ges & aisées à exécuter, il les traite avec cordialité, il ne cherche
que leur bien, ses faveurs sont
dispensées avec équité; les Sujets
ne regardent point pour lors le
Souverain comme un tyran de
leur tranquilité, ils ne connoif-
sent en lui qu'un pere commun,
ils l'aiment de cet amour qui
est toûjours accompagné de respect.

Philotecte goûtoit à longs traits
le vrai de ce discours : le droit
naturel y paroissoit a découvert :
mais comme il étoit tard, ils se

retirerent. Ils furent éveillez fu-
bitement un peu avant le jour par
un bruit extraordinaire qu'ils entendirent dans la ruë; ils fe leve-
rent à la hâte ; & ayant regardé
par la fenêtre, ils virent un défordre & une confufion horrible, des
cris aigus & perçans fe faifoient
ouir de tous côtez ; on n'enten-
doit que plaintes & gémiffemens,
ils eurent beau demander la caufe de ce tumulte, perfonne ne les
écoutoit, les hommes & les femmes couroient pêle-mêle, fans ordre ni mefure, on diftinguoit feulement la marche d'une quantité
prodigieufe de chevaux : enfin le
jour parut, & fit voir à découvert
toute l'horreur que l'obfcurité de
la nuit avoit dérobé à leurs yeux.
Ariftodeme fe hafarda de fortir
pour fçavoir la caufe d'un pareil
défordre ; il ne fut pas longtems
à apprendre la plus finguliere

révolution du monde : le Ciel vient d'être vengé, s'écria ce Philosophe, en rentrant dans l'appartement de Philotecte ; Alphée n'est plus Roy, son orgueil vient d'être abattu ; il est détrôné, & Busiris, Prince de . . . . . . vient de frapper le coup mortel à son Empire tyrannique. Aristodeme n'eut pas le tems d'en dire d'avantage, il fut interrompu par un spectacle bien touchant ; ils virent passer Alphée, enchaîné au milieu d'une troupe de Cavalerie, que l'on conduisoit dans la prison que nos curieux avoient visitée la veille, & dont on avoit fait sortir tous ceux qui y étoient renfermez, sa femme & ses enfans captifs suivoient cette triste pompe dans un char où il ne paroissoit rien que de lugubre. Malgré la domination dure & insupportable d'Alphée, son état attira

les larmes de nos illuſtres Voyageurs, ſur tout de Philotecte, dont
ſ'ame tendre & compatiſſante ne
put voir ſans une douleur pro-
ſonde, un ſpectacle ſi triſte. Ce
qui les ſurprit d'avantage, c'eſt
qu'il ne ſe commettoit aucun déſordre dans une révolution ſi extraordinaire ; un moment après
parurent des Herauts d'Armes
qui publierent que tous ceux
qui voudroient ſortir de la Ville
pourroient le faire avec ſureté,
les ordres étant donnés pour que
perſonne ne fût inquieté, & la
ſureté des chemins aſſurée : Sortons promptement d'ici, dit A-
draſte, & ne nous expoſons point
au venin qui eſt caché ſous cette
apparente douceur. Buſiris dont
l'envie eſt le vice dominant, ne
ſeroit pas fâché d'avoir en ſes
mains un ôtage du prix de Philotecte, & ſon apparente équité eſt

à craindre. Ce Prince paſſa dans
le moment avec toute ſa Cour ,
il alloit prendre poſſeſſion du Palais du Roy détrôné. Buſiris étoit
un Prince âgé d'environ quarante ans d'une phiſionomie dure, le
viſage pâle, les yeux égarés , les
lévres livides, en un mot, déno-
tant dans toute ſa figure le vice
qui préoccupoit ſon cœur.

Nos Voyageurs ſortirent un moment après de l'hôtellerie & de la
Ville, avec la même facilité qu'ils
y étoient entrez. Ils prirent le chemin de Tropatena , ſans trouver
aucune oppoſition ; la campagne
étoit couverte de Troupes , les
chemins en étoient remplis, mais
tout marchoit avec un ordre admirable : on auroit dit que ces
Troupes étrangeres étoient dans
leur propre pays , & qu'au lieu de
marcher à une conquête , elles
étoient venues prendre poſſeſſion

d'une fucceffion échuë légitime-
ment à leur Prince.

Si la révolution avoit caufé une
agitation extraordinaire dans l'a-
me de Philotecte, la tranquillité
qu'il voyoit regner par-tout, ne
l'étonnoit pas moins; mais il n'é-
toit pas tems de s'en expliquer. Ils
firent une grande traite ce jour-
là, & ils arriverent le foir à une
petite Ville occupée déja par les
Troupes de Bufiris, & où on les
laiffa entrer tranquilement, après
leur avoir feulement demandé
qui ils étoient, & d'où ils venoient.

Le cœur de Philotecte étoit
trop chargé pour qu'il ne cher-
chât pas les occafions de le foulager. Quel événement nous
venons de voir ! s'écria ce jeune
Prince, quand il fe vit un peu
tranquile, & l'homme peut-il paffer avec plus de viteffe du faîte

des grandeurs à la derniere hu-
miliation?& comment une pareille révolution peut-elle arriver,
sans qu'un Roy soit averti du des-
sein & de la marche de son ennemi? est-ce ainsi que les hommes
se font la guerre? & Dieu vengeur de la perfidie, peut-il la faire parvenir à ce comble de grandeur? Dieu est juste dans toutes
ses opérations, répondit Adraste;
& s'il exalte un vice pour en a-
baisser un autre, ce sont-là de ces
moyens impénétrables à l'homme, dont la divinité se sert pour
se venger des outrages qu'on lui
fait. Dieu punit les Enfans d'Is-
rael, son peuple cheri, par plusieurs captivitez, des Princes impies ou idolâtres étoient les instrumens de sa vengeance; il ne
seroit pas même naturel qu'un
Prince vertueux envahît les Etats
de ses voisins contre le droit des

gens ; la vertu eſt faite pour l'e-
xemple, & le vice pour la punition. Dieu laiſſe pendant un tems
l'impie dans la proſperité. Alphée
a joui pendant pluſieurs années
du droit de commander aux hommes ; ſes iniquitez ſe ſont accu-
mulées, & l'apothéoſe qu'il vient
d'exiger de ſes Sujets, a comblé la
meſure. Elle a porté l'impieté juſqu'au Ciel ; & Dieu outragé dans
ſon eſſence, a lâché le torrent de
ſa vengeance, qui inonde actuellement ce Prince malheureux :
mais parlons humainement ; &
après avoir rendu nos devoirs religieux à la cauſe premiere, ana-
liſons les cauſes ſecondes, & nous
verrons qu'il n'y a rien d'extraordinaire dans la révolution qui
vient d'arriver ; je ne ſuis pas ſurpris qu'Alphée n'ait pas été inſ-
truit du deſſein ni de la marche
de ſon ennemi : cet événement

n'eft pas l'ouvrage feul de Bufiris. Les Princes vicieux ne cherchent qu'à fe tromper, l'orgueil d'Alphée lui a fait négliger, comme nous avons remarqué, d'entretenir des Ambaffadeurs à la Cour des Princes voifins de fes Etats, & d'en avoir réciproquement de ces Princes à la fienne. Cette correfpondance cependant ne cimente pas feulement l'union & la parfaite intelligence entre les Etats, mais un Ambaffadeur habile fe lie toûjours par fon affabilité & par fes largeffes, avec quelque confident des principaux Miniftres de la Cour où il réfide, afin de découvrir par fon moyen les refforts les plus cachés du gouvernement, & d'être en fituation de pouvoir parer tous les coups que l'on pourroit porter à fa patrie. Un politique habile fe prête en apparence au caractere

des gens dont il a besoin , pour
pénétrer jusques dans les replis
les plus secrets du cœur ; il agit
en conformité des découvertes
qu'il fait ; il prévient les ruptures
brusques & inesperées ; & s'il ne
peut par ses manieres insinuan-
tes éloigner une guerre qu'il voit
inévitable, & qui provient d'une
cupidité désordonnée, il en aver-
tit son Maître, qui a tout le tems
de se mettre en état de deffense,
& de prévenir même son ennemi ; mais pour arriver à ce point,
il faut qu'il y ait dans le gouvernement des dispositions toûjours
prêtes. Alphée s'est endormi dans
une indolente sécurité ; content
de soi-même, il ne s'est pas inquieté de contenter les autres. Son
orgueil a chassé de la Cour ceux
qui pouvoient lui donner des
conseils salutaires, point de frontieres fortifiées , point de Trou-

pes réglées ; le mécontentement
interieur du peuple, la jaloufie
réciproque des Grands; tout cela
produit une confufion qui attire
infailliblement le défordre. Bufiris étoit le premier à flatter ce
Prince aveugle dans fon déréglement. L'envie a cela de propre,
qu'elle fçait cacher adroitement
fon venin ; l'envieux renferme
dans fon cœur fon ambition &
fon orgueil, c'eft un ver qui le
ronge continuellement, & lui
donne cette pâleur, ce teint li-
vide, & cet égarement dans les
yeux qui le caractérifent en plein.
Tout ce qu'il voit au deffus de
lui, lui caufe de la douleur ; jaloux du mérite des autres, auquel il ne fçauroit atteindre, il ne
cherche qu'à les accabler, non
pas avec la hauteur de l'orgueilleux, mais par des chemins dé-
tournez & fecrets ; rien ne lui

coûte pour parvenir à ses fins:
quelques Courtisans d'Alphée
ruinés par les folles dépenses
ausquelles le luxe du Prince les
expose, auront été gagnés par les
largesses de Busiris ; d'autres par
l'esperance d'un poste éclatant :
& ce Prince malheureux livré à
la corruption de ses Favoris, s'est
endormi dans le sein du traître ;
la conspiration ne s'est pas révé-
lée, parce que le Prince livré totalement à l'orgueil, n'a pû s'i-
maginer qu'on eût l'audace de le
tromper : il n'a pas étudié l'homme, & il n'en connoît pas les endroits foibles. Mais, dit Philotecte, Busiris ne me paroît pas
si vicieux dans sa conduite que
vous le dépeignez ; cette disci-
pline dans ses Troupes, cette
tranquilité dans une Ville dont
il vient de s'emparer, ce trône
qu'il vient d'usurper qui ne devroit

vroit être rempli que de fang,
de carnage & d'horreur, tout eft
dans le même état que la veille
qu'Alphée en étoit paifible poffeffeur ; le viol ni l'incendie ,
compagnes inféparables du Soldat victorieux, ne paroiffent pas;
& fans les fers dont Alphée & fa
famille font chargés , on le pren-
droit lui-même pour complice de
l'invafion de fon ennemi. C'eft
ici , répondit Adrafte , où l'envie développe en plein fon caractere, fon projet n'eft pas l'é-
tude d'un jour ; cette humanité
qui vous paroît regner dans Bufiris , eft une humanité fimulée
pour parvenir à fes fins ; les coups
qu'il frappera dans la fuite , n'en
feront que plus cruels, pour avoir
été renfermés dans fon cœur corrompu. Ce Prince livré tout entier à une politique ambitieufe,
n'ignore pas que le changement

H

de domination caufe toûjours
une révolution finguliere dans
l'efprit du peuple ; la tyrannie du
premier Maître donne un goût
nouveau pour la douceur du fecond, & le défefpoir qui s'empare
d'un peuple outragé eft à craindre. Bufiris qui portoit envie au
trône d'Alphée, s'eft appliqué à
étudier & connoître le caractere
du peuple, & les differens interêts qui le faifoient agir ; il a re-
mué tous les refforts de fa politique, pour l'amener infenfiblement au but qu'il s'étoit propofé.
Sa manie a été finguliere, interrompit Ariftodeme ; malgré fon
penchant pour la cruauté, il a
affecté un gouvernement doux,
il a diminué confidérablement les
impôts qu'il levoit fur fon peuple, il a donné un accès libre &
facile dans fes Etats pour y attirer l'étranger, les Sujets d'Alphée

y font venus en foule, on ne leur
a fait par-tout que de bons traite-
temens ; ils ont vû leurs voifins
dans l'abondance & la tranquillité; le contrafte qu'ils trouvoient
chez eux leur a fait naître des réflexions qui dégénérent bien-tôt
dans le défir de changer de Maître : voilà les appâts fubtils que
l'envieux Bufiris a tendus au pré-
fomptueux Alphée. Je l'avouë,
reprit Adrafte ; mais en même
tems il difciplinoit fes Troupes,
fes Places étoient fortifiées , fes
coffres étoient pleins , & les
Grands de fon Etat n'ont pas eu
de peine à entrer dans fes vûes;
ils font bien fûrs de profiter de la
dépoüille de ce peuple malheureux, deftiné à devenir la victime
des vices qu'il a tant encenfés :
dès que l'envie prend poffeffion
d'un cœur, il n'afpire qu'à poffé-
der ce qu'il n'a pas ; ce cœur n'a

aucun frein qui le retienne, tout lui paroît permis, ce qui n'arrive pas dans un Prince Crétien : les Loix du Cristianisme lui défendent, non seulement d'usurper le bien de son prochain, mais même de le convoiter ; à l'aide des autres vertus, dont elle est la base, il se renferme dans les bornes, qui lui ont été prescrites par l'auteur de la nature ; content de gouverner avec sagesse le peuple que Dieu lui a soumis, toute autre domination lui est étrangere, & rien ne peut l'induire à l'usurpation ; ayant toujours devant les yeux la crainte de désobéïr au Legislateur, il ne porte aucune atteinte à la Loy.

Je crois, interrompit Philotecte, qu'il n'est jamais arrivé un évenement pareil à celui qui vient de se passer à nos yeux ; & dans quelle situation Alphée ne doit-il pas se

rouver ? Nous avons , reprit
Adraste , plusieurs exemples de
cte nature dans les Histoires
sacrées & prophanes. Ezechias
toit un si grand Prince , que l'E-
riture Sainte nous dit qu'avant.
& après lui il n'y eut pas un pareil
Roy dans Israël ; il montra par un
esprit d'orgüeil ses trésors aux
Ambassadeurs du Roy de Babilone ; son fils Manassés , eut le mal-
sour d'y être emmené captif, &
d'y servir dans le Palais de son tiran, suivant que le Prophete étoit
enuannoncer à Ezechias lui-même , en punition de son orgüeil.
Cresus Roi de Lidie étoit un Prince si riche, que son nom est devenu un proverbe, pour caracterifer
l'opulence ; il fit montre à Solon
de ses richesses par un esprit de
vanité , & lui demanda ce qu'il
penfoit de son bonheur ; ce sage
Philosophe lui répondit en stile la-

conique qu'il en jugeroit le lendemain de sa mort; que devint Cresus? Cirus s'empara de ses Etats &
de sa personne; il le condamna à
être brûlé vif; ce Prince infortuné
se voyant sur le bûcher, invoqua
par trois fois l'esprit de Solon, se
souvenant de ce qu'il lui avoit dit
autrefois, ce qui donna à Cirus la
curiosité de s'informer pourquoi
il invoquoit le nom de ce Philosophe : Cresus lui en ayant fait le ré-
cit, Cirus le fit délier ; & touché
de ses malheurs, il ne lui donna
pas seulement la vie, mais même le
mit au nombre de ses favoris. Il y
a une infinité d'autres exemples,
qui nous font voir qu'un Prince
livré à ses passions oublie totalement l'Etre suprême qui est la
source premiere de sa puissance &
de ses richesses; l'oubli du Créateur jette la Créature dans les
plus affreux desastres. Je l'avoüe;

reprit Philotecte; mais il me paroît qu'Alphée entretenoit quelque liaifon avec Bufiris, & que même ce dernier lui payoit un certain tribut; cela eft encore vrai, répondit Ariftodeme, l'envie a toujours été tributaire de l'orguëil; & c'eft juftement ce tribut qui pefoit à Bufiris, qui lui aura fait naître le deffein de fecoüer le joug, & de s'affujetir un état, dont il étoit naturellement jaloux. Toutes les précautions de Bufiris ne pouvoient faire revenir Aldhée de l'erreur où il étoit. Ce Prince ignoroit la maxime de Jules Céfar, dit Adrafte, le Dictateur Romain ne s'inquietoit pas des Princes voluptueux qui touchoient aux terres de la republique; il les comptoit vaincus à fa premiere volonté; auffi avoit il coutume de dire par un preffentiment de l'avenir, que l'humeur

noire de Brutus lui donnoit plus
d'inquietude, que les menaces
évaporées des autres jaloux de sa
puissance. Enfin vous êtes inquiet,
mon cher Prince, continua ce
Ministre religieux, de la situation
presente d'Alphée, j'avoüe qu'elle
est d'autant plus cruelle que ce
Prince malheureux n'a pas les
ressources de l'honnête homme
dans l'infortune; l'homme vertueux, dans tel malheur qu'il
puisse tomber, a recours à Dieu,
il a devant les yeux les humilia-
tions & les opprobres que Jesus-
Christ a souffert sur terre, lorsqu'il s'est incarné pour la redemp-
tion du genre humain, il compare
son néant avec l'immensité de
Dieu, il ne trouve pas de justesse
dans le paralelle, il compte pour
rien ses souffrances, il les offre
en sacrifice au Très-Haut pour
l'expiation de ses pechez, il trouve

ve dans cette oblation une confolation interieure qui lui fait regarder les grandeurs d'ici bas
avec une fainte indifference; mais
un tiran dans le malheur, n'eft
agité que de fureur & de defef-
poir, fes crimes font autant de
bourreaux qui le tourmentent
continuellement; le triomphe de
fon ennemi renouvelle fes playes
à chaque inftant, & cet homme,
qui s'eft fait rendre des devoirs,
qui ne font dùs qu'à l'Immortel,
appelle la mort à fon fecours;
cette deftructrice du genre humain eft fourde à fa voix; & fans
vouloir infulter au malheur d'Alphée, n'eft-ce pas une chofe
curieufe de voir un Dieu de nouvelle datte enchainé & captif
dans un endroit deftiné pour les
fcelerats. Tels font, mon cher
Prince, tous les Dieux du paga-
nifme : Un Jupiter debordé:Une

I

Venus proſtituée, enfin comment les hommes peuvent-ils faire fumer l'encens devant des prétenduës divinités, ſujets aux crimes dont leurs Loix prononçent tous les jours la punition.

Ariſtodême ſe ſentit frappé de ces paroles : plongé dans les erreurs du paganiſme, le diſcours d'Adraſte appuyé de la grace, lui ouvroit inſenſiblement les yeux ſur ſon erreur, mais le tems de ſa converſion n'étoit pas venu.

Ces trois illuſtres perſonnes fatiguées de la longue traite qu'ils avoient fait, furent prendre un peu de repos, afin de ſe trouver le lendemain en état de continuer leur route.

ARGUMENT

DU SECOND LIVRE.

PHilotecte traverse le pays de
Busiris & arrive dans les Etats
d'Osis Prince livré à l'avarice. Troisiéme caractere. Nos voyageurs s'éga-
rent & font la rencontre d'un Esclave
né Romain à qui Philotecte procure
la liberté. Ils arrivent à la Capitale.
Description du Palais d'Osis; reflexions
sur l'avarice de ce Prince, & sur la
conduite du principal Juge de la Ville.
Ils arrivent ensuite dans les Etats
d'Hytape & d'Eusippe freres gemeaux,
l'un livré à la volupté & l'autre à la
gourmandise. Philotecte est charmé de se trouver dans un pays où regnent les plaisirs & la joye. Adraste
lui fait sentir les écüeils de ces deux
passions. Ils se trouvent à un combat
de Gladiateurs , description de la
volupté & des malheurs où elle entraine. Adraste fait sentir au jeune

I ij

Prince le bonheur de l'amour conjugal
& celui du peuple fous un Roy vertueux. Exemples à ce fujet. Ils vont
à la Cour d'Hyftape livré à la gourmandife. Ils fe promenent dans une
galerie de peinture. Difcription des
Tableaux qui la compofent & remarques fur iceux. Le Roy les fait regaler
fplendidement. Ils retournent à la
Cour de Clitippe, & fe trouvent à une
fête que l'on celebre à l'honneur de
Venus. Difcours à ce fujet: Départ de
Philotecte : ils arrivent dans une
plaine jonchée de morts & de mourans.
Ils y rencontrent un parent du Roy
Mifis qui commande à cet état, & qui
par un mouvement de colere avoit
entrepris la guerre contre un de fes
voifins. Ils arrivent à la Cour. Caractere de Mifis. Difcours d'Adrafte fur
cet évenement, Mifis touché des difcours religieux d'Adrafte, prend la
refolution d'embraffer le Chriftianifme ; il envoye à cet effet une Ambaf-
fade à Conftantin.

Voyage de Philoctete

LIVRE II.

NOS voyageurs traverse-
rent le Païs de Busiris sans
aucune opposition , tout y respiroit la joye ; la nouvelle du
détronement d'Alphée y étoit
arrivée : on celebroit cette usurpation, comme on auroit pû faire
la victoire la plus signalée. Voilà
le propre de l'envie , dit Adraste,
en chemin faisant , le malheur du
prochain excite l'envieux à la
joye ; & sans reflechir qu'ils sont
sujets aux mêmes disgraces , ils se
livrent inconsiderement au plaisir de voir triompher le mal.

Comme ils étoient à raisonner
sur la dépravation de cette con-

duite, ils s'égarerent du veritable chemin qui devoit les conduire à la couchée;ils marcherent affez long-tems, fans trouver perfonne ni découvrir aucune habitation; enfin, après deux heures de marche, ils aperçurent une maifon bâtie fur un éminence, qui de loin,leur parut aflez magnifique, ils furent droit à cette maifon & y arriverent comme le jour finiffoit. Ils trouverent un Efclave à la porte, à qui ils demanderent s'il n'y avoit pas dans le voifinage, quelque endroit où ils puflent pafler commodement la nuit. Vous en êtes encore éloigné de fix mille,répondit l'Efclave,& le chemin pour y arriver eft difficile à tenir; mais arrêtez un moment, continua-t'il, je vais parler à mon maître & lui demander la permifion de vous conduire aflez loin, pour que vous ne puifliez plus vous

écarter. Nos voyageurs attendirent une demie heure, en admi-
rant le bon naturel de cet homme; Dieu dans la diſtribution de
ſes graces, dit Adraſte, ne fait
acception ni des perſonnes, ni des
états, chaque condition fournit
ſes bons cœurs, & ſes caracteres
de droiture, & cet Eſclave qui
n'eſt pas moins l'ouvrage du
Créateur que le plus grand Monarque du monde, peut renfermer en lui des vertus dont ce
dernier ſouvent ne connoît que
la ſuperficie. Adraſte fut interrompu par l'arrivée de l'Eſclave,
qui étoit accompagné d'un homme d'aſſez mauvaiſe mine : ſon
regard étoit rude, le viſage dé-
charné & blême, ſon ajuſtement
quadroit avec ſa figure ; nos
voyageurs furent ſurpris de cette
apparition & leur étonnement
redoubla au diſcours qu'il leur

tint. Le maître de ce Château, dont je ne suis que l'Intendant, leur dit cette espece de spectre, veut bien vous prêter son Esclave pour vous conduire ou vou désirez aller, moyennant que vous ne donniez actuellement cent festerces pour la faveur qu'il vous accorde, & vingt-cinq pour moi, pour la peine que j'ai pris de solliciter pour vous & de venir jusques ici. Adraste délivra la somme sans hesiter ; & l'Esclave s'étant mis à leur tête , ils marcherent dans l'obscurité avec toute confiance dans la façon prévenante du domestique. Quel peuple nouveau trouvons-nous ici , s'écria Philotecte ? Et si des voyageurs s'étoient égarez dans les Etats de mon pere , non seulement on n'auroit pas exigé un tribut pour leur donner un secours qui est dû à la simple humanité ; mais le maître du Château même, seroit venu au devant des Etrangers, & leur auroit offert un asile assuré contre les accidens imprévûs d'un voyage nocturne, avec les façons polies, dont Aristodeme en a usé envers nous, quand nous avons eu le bonheur d'en faire la rencontre; nous sommes ici dans un Païs, répondit ce sage Philosophe au jeune Prince, où le vice dominant est l'avarice, cette passion metamorphose l'homme entierement; & si vous avez eu horreur d'Alphée & de Busiris, vous ne concevrez pas moins d'indignation contre Osis qui commande à cet Etat, & vous verrez qu'un Prince livré à l'avarice, non seulement se rend criminel envers Dieu, par le peu d'usage qu'il fait des richesses, dont il n'est, pour ainsi dire, que le dépositaire pour les répandre sur le reste des hom-

mes; mais même eft en éxécration
aux yeux du public, parce que la
foif infatiable des biens le tour-
mente continuellement, & lui
fait commettre milles injuftices
pour les acquerir. Ils arriverent
après deux heures de marche dans
une Bourgade, où il y avoit une
bonne Hôtellerie & où ils trouverent de quoi fe dédommager
abondamment de leur grande fatigue. Adrafte fit venir l'Efclave
pendant le fouper, le Romain
étoit curieux de le connoître plus
particulierement, & cet homme
attaché à un maître d'un fi vilain
caractere, étoit propre à leurs
en déveloper les traits les plus
cachés. Y a-t'il long-tems, lui dit
Adrafte, que vous fervez votre
maître? Depuis cinq ans, lui répondit l'Efclave; je fuis né Romain, & j'ai été pris en traverfant
les déferts de Sirie, chargé d'une

Lettre que l'Imperatrice Valerie veuve de Galerius , écrivoit à Diocles son pere, touchant les persecutions de Maximin , dont la fin a été si funeste , après que le Grand Constantin, que le Ciel a envoyé pour le bonheur du monde l'a eu vaincu & reduit à la nécessité de se tuer lui-même: Enfin après bien des malheurs je suis tombé , pour les combler, entre les mains d'Eusippe qui est le maître à qui le destin m'a donné. Quel est le caractere d'Eusippe, répartit Adraste? C'est un homme reprit l'Esclave , pétri d'une avarice sordide , il n'y a chez lui aucune humanité , il possede des trésors immenses, dont il ne fait aucun usage, le pain & la viande se pesent journellement chez lui, les Etrangers , loin d'y trouver un asile , sont exposez tous les jours aux éxactions que vous avez éprouvé aujourd'hui, ses vassaux n'oseroient faire paroître aucune aisance, de crainte d'exciter sa cupidité, il se refuse à lui-même & à sa famille les choses les plus nécessaires à la vie ; mais, dit Philotecte , seriez vous charmé de revoir votre patrie ? Je n'ose aspirer à ce bonheur, répondit l'Esclave ; & quoique dans mes fers, je soupire après elle , je désespere de revoir jamais mes Dieux Penates & ma famille , à qui depuis dix ans je n'ai pû donner de mes nouvelles. Eh bien, réprit le Prince, je vous donne la liberté, & vous viendrez avec nous goûter dans votre païs les douceurs du regne de Constantin. Votre vivacité, mon cher Philotecte , interrompit Adraste, vous mene trop loin, votre génerosité est injuste ; & par une précipitation, qui ne part que du boüillant de votre âge, vous donnez une chofe qui ne vous appartient pas. Eufippe, tout vicieux qu'il eft, a acheté cet Ef-clave de fes deniers, c'eft fon bien; quelle eft la Loy qui vous permet de le lui ôter? Voilà l'inconvenient où tombent la plûpart des Princes idolâtres qui, quoique vertueux en apparence, obéïffent fouvent aux maximes de la bienféance & de la volonté. Un Prince chrétien n'eft pas fujet à cette corruption; les Loix du Chriftianifme nous défendent comme vous fçavez déjà, d'ufurper & de convoiter même le bien de notre prochain; les vices d'Eufippe le regardent perfonnellement, il en recevra feul la punition, quand il plaira au Ciel d'exercer fes vengeances fur lui; mais nous ne ferions pas moins criminels, fi nous lui en-levions cet Efclave qui eft fon bien. Le Legiflateur Divin qui a

fondé l'Egiife des Chrétiens, nous
en a laiffé l'exemple, il s'eft foumis lui - même aux Loix politiques des Empereurs Payens, il a
recommandé fur-tout de rendre
à Céfar ce qui appartient à Céfar.
Eufippe, continua cet homme de
bien, en s'adreffant à l'Efclave,
n'a-t'il jamais mis votre liberté à
prix ? Il m'a demandé plufieurs
fois deux mille fefterces pour me
l'accorder , répondit l'Efclave.
Voilà, réprit Adrafte, voilà, mon
cher Philotecte , le feul moyen
d'exercer la compaffion que
vous avez du malheur de cet
homme , il faut envoyer deux
mille fefterces à Eufippe, & em-
mener l'Efclave avec nous. Ils
éxécuterent cette réfolution le
lendemain; avant de partir, ils
remirent l'argent entre les mains
d'un homme fùr, pour le faire
tenir à Eufippe, & enfuite ils con-

tinuerent leur route, & arriverent le troifiéme jour à la Capitale d'Ofis.

L'on ne voyoit pas dans cette Ville la magnificence, qui regnoit dans les Etats où ils venoient de pafler; il paroiffoit par-tout un air fombre, la figure d'une mifere affreufe étoit dépeinte dans tous les objets, les vivres y étoient ra-res, & d'une cherté horrible; Philotecte en témoigna fa furpri-fe: c'eft le caractere de l'avarice, lui dit Ariftodême; & quoique la prodigalité enerve les forces de l'Etat, l'avarice eft encore plus pernicieufe. L'or qui n'a de va-leur que ce que l'induftrie de l'homme & la néceffité du com-merce lui donnent, devient inu-tile, quand il n'eft pas employé à fa deftination naturelle: l'humeur avare d'un peuple, l'empêche de faire une confommation raifonnable, personne n'apporte de denrées chez lui, parce qu'il n'y a pas de débit, les choses même destinées pour la nourriture & l'entretien de l'homme y manquent. Le lendemain ils furent visiter le Palais d'Osis ; c'étoit un bâtiment antique, quoique d'une fort belle architecture, les dedans étoient ornez de meubles anciens, qui marquoient cependant assez de magnificence ; mail il y manquoit l'essentiel ; l'on n'y voyoit point cette foule de courtisans lestes & propres ; qui, à la Cour d'un Roy sage, fait ordinairement le plus bel ornement : toutes les personnes qu'on y trouvoit étoient mal vêtuës & d'un air à caracteriser la pauvreté. Ils attendirent fort long-tems pour voir le Roy, mais il ne leur fut pas possible de contenter leur curiosité. Ce Prince ne sortoit presque plus

de son

de son appartement; attaché continuellement aux moyens d'avoir de l'argent ou de conserver celui qu'il possedoit, il se méfioit de tout le monde, ses Ministres, ses Courtisans, sa femme & ses enfans étoient traitez également. La moindre démarche l'inquietoit, & il s'imaginoit toujours que l'on étoit prêt à le voler; il avoit rétranché jusqu'aux Sacrifices des Temples, pour épargner sur l'encens même destiné à fumer sur les Autels des Dieux.

Quel caprice, dit Philotecte, quand ils furent en particulier! comment, ce Prince possede des trésors immenses, & ne sçauroit en joüir! voilà la manie du monde la plus singuliere: c'est celle de l'avare, reprit Adraste; & cette maudite passion est un ver qui ronge continuellement un cœur dont elle a pris possession. Un Prince

K

avare cauſe ſon propre malheur
en faiſant celui du peuple ; avide
de tout poſſeder, de combien de
détours injuſtes ne ſe ſert il pas,
pour tirer juſqu'au ſang le plus
pur de ſon peuple ? Edits rigou-
reux, Declarations cruelles, Arrêts iniques, tout paroît juſte à un
Prince inſatiable de richeſſes.
Tout l'or du Royaume vient inſenſiblement dans les coffres du
Roy & n'en ſort plus, cela fait
tarir ce métal ; & en empêchant la
circulation de l'eſpece, on ruine
totalement le Commerce. Cette
circulation eſt auſſi néceſſaire
dans le corps politique, que celle
du ſang dans le corps humain. Un
Roy juſte, au contraire, ſçait à
propos diſpenſer ſes graces & ſes
faveurs, il répand de tems en
tems une ſomme dans le Commerce, pour en ſoutenir la dépenſe, & le faire briller dans ſon

Royaume. D'ailleurs il établit par
tout des Manufactures utiles pour
l'Etat, & pour l'Etranger qui y est
attiré par l'appas du gain ; le peuple se rend industrieux, les uns
s'adonnent au travail, les autres
à l'agriculture ; & dès que toutes
les parties du corps politiques
agissent, ce corps se trouve toujours dans une heureuse situation.
Un Roy d'ailleurs ne doit rien
épargner pour faire fleurir les
Arts & les Sciences dans ses Etats,
c'est par eux qu'il s'immortalise,
il n'y a qu'à lire l'histoire d'Auguste le premier de nos Empereurs,
l'attention de Mecene pour les
Arts & les Sciences, l'activité d'A-
grippa dans la guerre, ont rendu
son regne illustre & la juste confiance qu'il avoit dans ces deux
favoris a été la base & le fondement de sa gloire. Mais pour parvenir à cette perfection, il faut de

la génerosité ; l'homme habile &
laborieux aime à voir la recompense de son travail ; dès qu'un
Prince trouve un sujet, qui ex-
celle dans un art, il doit d'abord
ouvrir sa main liberale pour le
mettre à l'abri des necessitez de la
vie. L'esprit dans la misere ne donne pas des productions sublimes,
& un homme accablé du soin, ou
pour mieux dire de l'inquietude
de sa famille & de son domestique, ne peut pas travailler à perfectioner un art ou une science,
dans laquelle il a fait quelques
progrés ; les mêmes secours sont
necessaires dans un commerçant;
l'homme de guerre à plus besoin
que personne, des bienfaits du
Prince ; les fatigues de son métier,
les risques que l'on y court, & la
dépense que l'on y fait, doivent
engager le Prince à user souvent
de liberalité envers des gens qui

sacrifient continuellement leur vie pour son service & celui de l'Etat ; il doit par conséquent entrer de tems en tems dans le détail des actions les plus remarquables dans chaque légion, recompenser liberalement celles de valeur & de prudence qu'il y trouve ; il donne par-là à la vertu la recompense qu'elle merite & excite l'émulation si necessaire, dans tous les états, mais sur tout dans celui-cy. L'agriculture n'est pas indigne de l'attention du Souverain : il ne faut pas surcharger la campagne d'impôts , de maniere que le Laboureur ne puisse pas soutenir son état ; il faut lui donner de l'aisance dans son travail, afin qu'il puisse du moins vivre à son aise , en procurant l'abondance dans le Royaume ; telle est la conduite que tient un Prince religieux ; Dieu a créé toutes

choses pour l'usage de l'homme;
chaque peuple, après la confusion des langues, s'étant dispersé
sur la surface de la terre, s'est
choisi un terrain suffisant, pour se
nourir & vêtir; ils se font agrandi
à mesure que l'espéce a pullulé,
il leur a fallu des chefs capables
de leur donner, à l'imitation du
Créateur, des Loix pour les diri-
ger suivant la droite raison, ces
chefs ont eu besoin du suffrage
du peuple, pour affermir leur
puissance, le peuple est obligé
d'y concourir de tout son pouvoir; le chef, de son côté, doit
prévenir la ruine & l'accable-
ment du particulier, & le soutenir
dans son travail, qui devient le
nerf de l'Etat; mais un Prince
livré à l'avarice ne songe qu'à lui-
même; content de posseder l'or
dont il fait son idole, il n'envisage
pas les suites funestes de l'appau-

vriffement du peuple, il n'entre dans aucun détail, il ne connoît pas les injuftices qui fe commettent dans la perception des fubfides qu'il tire de fon Royaume. Les Financiers bercez des principes du maître, employent pour aſſouvir leur cupiditez, les moyens les plus cruels & les plus barbares qui puiſſent s'imaginer. Voyez la vie miſerable que méne Oſis dans fon Palais, il n'oſe voir perſonne, il n'oſe communiquer avec perſonne, il n'a point d'amis, il s'interdit à lui-même tous les plaiſirs de la vie, fon domeſtique lui eſt étranger, fa famille lui devient fuſpecte. D'ailleurs ce vice entraîne encore d'autres déſordres, l'exemple du Prince autoriſe la dépravation des Sujets ; l'avarice induit l'enfant à fouhaiter la mort de fon pere, pour joüir plûtôt de fon bien ; elle fait naître dans la femme un efprit de libertinage & de divorce, parce que le mari ne lui fournit pas tous fes befoins, le frere s'acharne contre le frere, l'ami contre l'ami, le citoyen contre citoyen pour parvenir à leurs cupiditez, le trouble & la confufion fe répandent par tout ; l'humanité n'eft plus connuë, il n'eft point queftion de religion, la divinité n'eft pas écoutée ; & par un malheur affreux, les Miniftres même deftinés au fervice des Temples, ne font pas exempts de corruption ; quel déreglement, s'écria Ariftodeme ! Et l'homme peut-il donner dans une pareille extravagance.

Après que nos voyageurs eurent dîné, ils furent parcourir tous les quartiers de la Ville, où rien n'attira leur attention qu'une foule extraordinaire de peuple, qui attendoit à la porte d'un

grand

grand Hôtel bâti fur la principale place de la Ville ; ces gens fai-foient beaucoup de bruit & étoient tous chargez de quelques préfens ; nos curieux fe fourerent dans la foule. Ariftodeme apprit d'un particulier, que c'étoit la demeure du principal Juge de la Ville, que tout ce peuple atten-doit l'heure de fon audience, à laquelle on ne venoit jamais, fans être chargé de quelque pré-fent, afin d'être expedié plus promptement & de tâcher de lui faire paffer l'éponge fur les en-droits obfcurs de leurs préten-tions reciproques, ce qui arrivoit toujours en faveur du plus beau préfent. Ah ! le déteftable hom-me, dit Ariftodeme de vendre ainfi la Juftice, & qu'un peuple eft malheureux de voir fa deftinée entre les mains d'un Juge inique. Comme ils s'étoient retirez dans

L

un jardin, qui étoit au bout de cette place; voilà, dit Adraste, les suites ordinaires de la corruption du Souverain : les membres les plus respectables se ressentent de la pourriture, & Themis ne tient ici la balance, que pour peser les offrandes qu'on lui apporte; il n'est pas ici question des Loix. Tout est à la disposition arbitraire du Juge. Que ce Prince est different de Cambise ! Quel étoit ce Roi, dit Philotecte? Cambise, répondit Adraste, étoit un Roi de Perse, Prince religieux & aimant la Justice. Un jour il fut informé que deux Juges iniques avoient prévariqué dans leurs Charges, en recevant une somme considerable, pour adjuger à un scelerat un bien qui ne lui appartenoit pas , & en dépoüiller par conséquent une innocente victime de leur cupidité; le Roy fit venir les deux Juges en fa préfence ; & après les avoir convaincus de leur crime , il les fit écorcher vifs devant lui , & il ordonna que le Siége où les Juges rendoient la Juftice fût couvert de la peau de ces deux miferables , afin qu'à perpetuité leurs succeffeurs fe fouvinffent de la punition qu'il en avoit faite. C'eft par des exemples decette forte qu'un Souverain doit montrer fon équité & l'amour qu'il a pour fon peuple. Voilà où l'avarice entraîne tous les hommes & le Prince en particulier , qui eft refponfable devant Dieu de la mauvaife adminiftration de ceux qu'il commet pour prendre foin de l'interêt du peuple. Vefpafien étoit un grand Prince, il avoit de grandes vertus; mais toutes fes belles qualitez étoient ternies par fon avarice. Quel bonheur pour un Roy qui

L ij

prend Titus fon fils pour modele: ce Prince né pour les délices du genre humain, comptoit pour un jour perdu, celui pendant lequel il n'avoit fait aucun bien à perfonne. Il faut, mon cher Philotecte, imiter le Roy des Roys, fa mifericorde eft ouverte continuellement pour tous les hommes; fes graces font toujours prêtes, & fa prévoyance infinie va jufqu'à prendre foin des oifeaux & du plus petit des animaux. Le Prince liberal n'eft jamais pauvre en poffedant l'amour de fes Sujets, c'eft une reffource continuelle dans tel befoin qu'il puiffe fe trouver ; ce font des enfans tendres, qui dépofent ce qu'ils ont de plus précieux dans le fein d'un pere qui fait la félicité de fa famille.

Philotecte étoit attendri, la Minerve divine donnoit un feu nouveau aux paroles du Mentor

chrétien,& le jeunePrince fentoit
dans fon arne un goût extraordinaire pour mettre en pratique
une morale fi douce & fi naturelle, & il témoigna tant d'averfion pour le vice qui regnoit dans
cet Etat, qu'Adrafte refolut de
partir le lendemain. D'ailleurs l'a-
varice eft un vice fi éloigné de fa
nature, des hommes nés dans la
pourpre, qu'il crut que le peu que
Philotecte en avoit vû,étoit fuffi-
fant pour empêcher fon jeune
cœur de s'y laiffer furprendre.

Ils partirent le lendemain, &
arriverent le foir dans une petite
Ville fituée le plus agréablement
du monde; ils y trouverent un
peuple bien different du dernier,
tout y refpiroit la joye & le plaifir.
En arrivant à l'Hôtellerie ils furent fervis par des jeunes filles
d'une beauté extraordinaire &
d'un enjoüement fingulier. Le
L iij

jeune Prince fut charmé de se trouver dans un païs qui reveilloit un peu la joye, que l'humeur sombre des peuples qu'il venoit de quitter, lui avoit ôté. Quelle difference mon cher Adraste, dit Philotecte à son Mentor, trouvons nous ici aux Etats d'Osis! Quel accuëil obligeant! Il semble que la nature ait pris plaisir à ramasser ici ce qu'elle a de plus riant, ce sont des appas plus dangeureux que ceux que vous avez éprouvé, lui dit Adraste; les maximes de ce païs, pour être plus conformes à votre âge & à votre temperament, ne renferment pas un venin moins pernicieux : Helas! reprit Aristodeme, telle vertu aura resisté aux attraits des vices que nous venons de parcourir, qu'elle trouvera ici son écuëil: l'Etat dans lequel nous entrons renferme des extrava-

gances & des délires funeftes. Ce
Royaume eft gouverné par deux
Princes qui font freres gemeaux,
& qui partagent entr'eux alter-
nativement le droit de commander;ils font tellement liés de leur
nature, que jamais rapport d'humeur & de caractere n'a été plus
parfait. Hiftafpe & Clitipe font
les deux Héros que l'on encenfe
ici. L'un livré tout entier à la
volupté, & l'autre à la gourmandife, ont donné au peuple de
ces contrées un exemple fi dangereux de leurs maximes, que
tout en eft perverti ; l'un par un
rafinement extrême dans les mets
les plus délicats, s'épuife en dépenfes exhorbitantes pour entretenir fa table ; l'autre par une
concupifcence effrenée jette le
trouble & l'effroi dans toutes les
familles, où il fe trouve quelque
fille jolie. Les pere & les meres

sont obligez de cacher leurs enfans pour les preserver de la
honte d'être livrez dès leurs tendre jeunesse à la prostitution.
Voilà le caractere des deux Princes à present regnans dans ce
Royaume, caractere qui s'est glis-
sé jusques dans le particulier, &
qui fait naître par tout le désordre & la confusion. Mais, répondit Philotecte, l'amour des femmes & les plaisirs de la table doi-
vent-ils passer pour des crimes?
Si Dieu a créé toutes choses pour
l'homme, ne doit-il pas lui être
permis d'en faire usage? Oüi, répondit Adraste ; mais Dieu en
créant toutes choses pour l'homme, lui a donné la raison pour le
guider dans l'usage qu'il doit en
faire. L'excès est blâmable en
tout, & ce qui est contraire aux
Loix devient criminel. Adraste
sentoit que c'étoit ici la pierre de

touche de l'éducation de Philotecte ; la volupté presente tant
de choses flatteuses à un jeune
cœur; la nature y a d'elle-même
une pente si forte , qu'il faut des
combats violens pour pouvoir y
resister, les premiers principes du
Prince l'y conduisoient à pleines
voiles; aussi se prepara-t'il à oppo-
ser digue sur digue , au torrent
qui l'entraînoit vers les plaisirs, il
se pressa d'arriver à la Capitale du
Royaume,afin de lui faire voir de
plus près tous les accidens inseparables de ces deux passions. La
Cour des Princes est un Tableau
exposé à la vûë de tout le monde,
& ce Tableau, en jettant l'admiration dans les esprits de ceux qui
se trouvent dans la perspective,at-
tire en même tems leur critique
inéxorable. Quel spectacle riant
pour Philotecte,à la vûë de cette
Ville; s'il ne trouvoit pas ici la

magnificence qu'il avoit vû dans les Etats d'Alphée, tout y étoit d'un goût surprenant;les environs de la Ville n'étoient occupés que par des maisons de campagne admirables par leurs situations & pour les ornemens galands dont elles étoient décorées.Ils entendirent en entrant dans la Ville, le bruit d'une quantité de Trompettes & d'autres instrumens qui formoient un concert singulier. Aristodeme sçut par la maîtresse du logis,où ils furent descendre, & qui avec un air poli & gracieux étoit venuë au-devant de nos Etrangers, que le bruit qu'ils venoient d'entendre annonçoit un combat de gladiateurs dont Clitipe regaloit le lendemain toute sa Cour:Nous sommes arrivés à propos, dit Adraste,pour vo ne des plus singulieres extravagances, dont l'homme soit capable.Philotecte demanda ce que c'étoit que des gladiateurs; ce font des hommes, répondit Adrafte, élevés à une forte d'éxercice qui les fortifie à mefure qu'ils avancent en âge, & que les Princes prennent plaifir, non feulement à voir combattre les uns contre les autres; mais même contre les bêtes les plus féroces, de maniere que plufieurs reftent morts fur l'aréne où la fcene fe paffe.

Le lendemain nos voyageurs fe rendirent fur la place où étoit bâti un amphiteâtre, qui pouvoit contenir environ trois mille perfonnes, & par le fecours d'un guide qu'ils avoient pris, ils furent placés de façon qu'ils pouvoient voir commodément le combat & les loges deftinées pour le Roy & fa Cour. L'arrivée du Monarque fut annoncée par le bruit des Trompettes; & fi-tôt qu'il parut, tout le

monde garda un profond filence.
Philotecte fut charmé à fa vûë;
ce Prince âgé de trente ans avoit
un air doux & majeftueux, tout
refpiroit en lui la Royauté, en un
mot d'une figure à gagner tous les
cœurs; il étoit d'une magnificence achevée, fuivi d'une Cour
nombreufe & accompagné de
plufieurs belles femmes; l'art
relevoit en elles tout ce que la
nature la plus prodigue leurs
avoit difpenfé liberalement. Cela
éblouït d'abord les yeux de Philotecte; mais l'effronterie qui regnoit dans ces femmes, déran-
geoit l'effet que leur beauté avoit
fait fur fon cœur: laquelle de ces
femmes eft la Reine, dit Philotecte à fon guide? Elle n'eft point
encore arrivée, répondit cet homme, & cette Princeffe eft la perfonne de la Cour qui prendra le
moins de plaifir à cette fête; le

Roy eſt d'une humeur fort in-
conſtante; il n'a pas pour la Reine
toute la tendreſſe qu'elle merite;
& cette brune que vous voyez
auprès du Prince , lui a enlevé
depuis peu ſon cœur : comme ſon
orguëil eſt inſatiable , elle a porté
l'impudence , juſqu'à employer
l'aſcendant qu'elle a ſur l'eſprit
du Roy , pour chagriner la Reine
qui eſt la plus vertueuſe Princeſſe
du monde, & qui fait l'admiration
du peuple : La voilà qui arrive,
continua ce guide. La Reine en-
troit dans ce moment dans ſa
loge , avec un Prince âgé de dix
ans & une Princeſſe de douze qui
parurent très - aimables à nos
voyageurs. Mais ſi la beauté des
femmes qui étoient avec le Roy
avoit paru extraordaire aux yeux
d'Adraſte & d'Ariſtodeme , la
Reine l'emportoit infiniment au-
deſſus d'elles ; ſon air modeſte &

engageant, leur paroiſſoit préfe-
rable à l'effronterie des premieres;
il n'en étoit pas de même de Philotecte, la modeſtie de la Reine
paſſoit chez lui pour un air ſom-
bre, inquiet & ſuſceptible de
mauvaiſe humeur, au lieu que
l'enjoüement des autres avoit
pour lui un charme inexprima-
ble: Une ſeule choſe l'étonnoit,
c'eſt qu'à peine s'étoit on apperçû
de l'arrivée de la Reine, qui n'é-
toit accompagnée que de cinq ou
ſix perſonnes auſſi ſerieuſes qu'elle. Cela ne doit pas vous ſurpren-
dre, lui dit Adraſte, les gens vicieux n'encenſent que la faveur,
la vertu de la Reine ne s'accomo-
de pas avec la vie licencieuſe du
Roi, & les Courtiſans élevés dans
les mêmes principes, ſuivent le
torrent qui les entraîne vers la
volupté. Le combat étant fini, nos
voyageurs réprirent le chemin de

leur Hôtellerie ; & Philotecte
ayant témoigné à ses deux con-
fidens qu'il n'avoit pris aucun
plaisir à ce spectacle ; je ne suis
pas surpris, lui dit Adraste, qu'un
cœur aussi humain que le vôtre,
n'ait pas pris goût à voir ensan-
glanter un theâtre du sang de ces
miserables victimes, de l'esprit dé-
reglé d'un Prince livré tout entier à la volupté : Les hommes
sont faits pour se servir les uns les
autres ; mais avec cette humanité
réciproque qui les distingue du
reste des animaux ; & il est honteux que des Princes , qui se pi-
quent d'ailleurs de génerosité,
ayent pû inventer des divertisse-
mens aussi cruels que ceux-ci ; &
les femmes dont le cœur tend
naturellement à la compassion,
pourroient-elles s'accoutumer
à cette ferocité ? Si leur ame gâ-
tée par le déreglement que les

autres paſſions y cauſent, n'étoit
tout a fait corrompuë. Voilà, s'é-
cria cet illuſtre Romain, où
l'excès de la volupté conduit; le
Prince tirannifé par ſes paſſions,
ne connoît plus ni les regles de
la nature ni celles de la bienféance : Voyez, voyez, mon cher
Prince, la conduite de Clitipe; la
vie qu'il mene vous paroît douce
& tranquille, les plaiſirs ſe ſuccedent les uns aux autres à ſa
Cour; chaque jour, nouvelle dé-
coration. Cet aſſemblage des plus
belles femmes du Royaume qui
ne s'étudient qu'à plaire au Prince, vous paroît la choſe du monde
la plus flatteuſe : c'eſt cependant
l'écuëil le plus infaillible de la
vertu ; & puiſque nous ſommes
en train de diſcourir, je veux vous
faire voir le faux de cette prétenduë felicité, par les principes de
la religion & par ceux du raiſon-
nement

hement ; la morale chrétienne
nous enseigne, comme je vous
l'ai déja observé, que nous ne
devons pas seulement convoiter
le bien du prochain ; la femme
est le plus précieux de tous les
biens temporels, pourquoi l'arra-
cher des bras d'un mari ? Pourquoi ôter à ce pere & à cette mere
une fille qui fait souvent toute la
consolation de leur vieillesse?
David devint amoureux de Bet-
sabée, femme d'Urie ; ce Prince
religieux d'ailleurs, joignit pour
contenter sa passion, l'homicide
à l'adultere, le Prophete vint lui
donner la parabole de la brebis
volée, David reconnut son crime
& expia l'offense ; la sagesse de
Salomon fut confonduë par sa
volupté ; & après des exemples si
fameux, tombé sur ceux que Dieu
même avoit choisis pour manifes-
ter aux nations sa gloire & sa puis-

M.

fance, pouvons nous douter un moment que le commardement, qui défend des ufurpations de cette nature, ne provienne d'une fource divine ? Mais parlons humainement , quels défordres n'entraîne point cette concupifcence effrenée ? Un Prince eft doué de toutes les qualitez perfonnelles pour plaire; un jeune objet fe préfente à fes yeux, cette femme poffede du côté du corps & de l'efprit tout ce qui peut infpirer la paffion la plus violente, il fe forme une union fenfible entre ces deux perfonnes, le cœur dépravé fe laiffe aller au penchant qui l'entraîne; qu'arrive-t-il de cette liaifon ? La femme légitime eft oubliée, on donne tout à la nouvelle créature, tout ce qui émane d'elle eft flatteur; cette femme ambitieufe dans fes vûës & dans fes projets, commence

d'abord par étudier nos endroits
fenfibles, elle s'y attache, elle fe
regle fur notre caractere, afin de
nous perfuader qu'il a un rapport
parfait avec le fien ; & quand elle
s'eft emparée totalement de notre efprit, elle fe démafque, elle
lâche la digue qui s'oppofoit à fon
ambition ; le Prince étoit le maître, il devient l'efclave ; l'idée
feule de la proftitution devroit
rebuter un homme fenfé ; mais
cet homme n'a plus de raifon, la
fatisfaction des fens le jette dans
une ivreffe, dont il a peine à revenir ; la premiere caufe de fon
malheur a foin d'écarter de lui
toutes les idées qui pouroient le
rapprocher de la vertu, fa dépravation a commencé le crime,
l'ambition l'acheve ; quels refforts
ne remuë t'elle pas pour fe con-
ferver la faveur ? Ce n'eft point ici
une époufe légitime qui regarde

M ij

l'Etat. comme le patrimoine de ses enfans, qu'elle doit menager en mere œconome avec la concubine; que tout perisse, pourvû qu'elle domine;& pour perpetuer son regne, elle abuse de la foiblesse du Prince, pour mettre sa famille & ses partisans dans les Charges les plus considerables de l'Etat, tant Militaires que de Judicature. Les Ministres même du Seigneur sont choisis parmi ses Courtisans & vendus à son orgueil; ces complices de son ambition profitent du tems si favorable pour contenter leur propre volupté, & tirer pour l'assouvir, le plus pur sang du peuple; ce membre si précieux du corps politique, n'est regardé pour rien, ce n'est plus qu'un esclave destiné aux plaisirs du maître, il tombe dans le desespoir, & les accidens funestes qui s'en ensuivent, ne

laiſſent au Roy qu'un douloureux
repentir d'avoir abuſé de ſa puiſſance d'une maniere ſi infâme,
pour contenter ſes déſirs, quand
un revers de fortune terraſſe ſon
ambition, ou quand l'âge a glacé
ſes ſens. D'ailleurs à combien
d'inquietudes le Prince livré à ſes
plaiſirs n'eſt-il pas expoſé; le premier crime en attire un autre, la
femme proſtituée aux plaiſirs du
Prince eſt obligée de menager
tous ceux qui concourent à la
ſoutenir dans la faveur; l'amour
ne va pas ſans jalouſie, elle devient même réciproque dans l'a-
mour criminel, le Roy ne ſçauroit faire la moindre careſſe à une
autre femme, que celle-ci ne ſoit
allarmée, non pas par les ſenti-
mens du cœur, mais par la crainte
de perdre la faveur; ces allarmes
produiſent des caprices & des re-
proches, le Prince eſt ſincere ou

ne veut pas être gêné ; matiere
à la broüillerie ; on veut se rac-
commoder, il faut y consommer
un tems qui ne devroit être occupé qu'au bien du Royaume, les
affaires se negligent, l'esprit bour-
relé d'une passion si dominante
n'est plus dans cette situation
tranquille & propre au travail, le
devoir indispensable s'oublie, on
n'assiste plus au Conseil; & ce Tri-
bunal dont les Jugemens devroient être des oracles divins,
n'est plus conduit que par des
gens qui n'ont d'autres motifs,
que de souscrire aveuglément
aux volontez de la favorite : Un
Prince vertueux au contraire,
voit & connoît tout; toujours pré-
sent à lui-même, il se rend le premier Juge de ses Etats. Je l'avoüe,
dit Philotecte ; mais, mon cher
Adraste, un Roy ne peut-il pas
aimer sans être criminel & sujet

à la dépravation dont vous venez
de me faire la peinture? Non, mon
cher Prince, lui répondit Adraste,
à moins qu'il n'aime d'un amour
légitime. Quand le monde a été
multiplié, il a fallu des Loix qui
renfermaßent les hommes dans
des bornes légitimes, celles de la
subordination devinrent néceſſaires, je vous en ai déja parlé; &
quoiqu'ellesayent été établiespar
les hommes, nous devons toujours les regarder comme l'ouvrage du Créateur, le choix que
Dieu fit de Moïſe & d'Aaron pour
le Gouvernement politique &
moral des Juifs, en eſt une preuve ſenſible; ce n'étoit pas aſſez, il
falloit des Loix qui, en aſſurant
le repos du peuple en général,
ſerviſſent en même tems de baſe
à l'établiſſement & au ſoutien des
familles en particulier, le mariage étoit donc néceſſaire, Dieu y

avoit pourvû dès la création du
monde ; & la femme qu'il avoit
donné à notre premier Pere, étoit
deſtinée pour goûter avec lui
toutes les douceurs de la vie, s'il
s'étoit conſervé dans la pureté de
ſa création, comme elle en a partagé les peines après ſa chute, il
falloit aſſurer l'état des enfans
qui devoient être procréés. Dieu
qui connoît les foibleſſes de la
nature, vous donne la liberté de
faire un choix pour les aſſouvir, en
perpetuant l'eſpece humaine, qui
doit peupler ce monde tant qu'il
plaira à la providence de le con-
ſerver : quoique les plaiſirs des
ſens ſoient flattez dans ce choix,
ils ne doivent cependant pas en
être le premier mobile. Vous
recherchez en mariage une Princeſſe vertueuſe & belle, ſa poſſeſſion vous donne du goût, n'y a-t'il
pas de la cruauté de la mépriſer
quand

quand vos sens sont satisfaits ?
Pourquoi tirer cette innocente
victime du sein paternel pour la
rendre malheureuse? Votre union
a été contractée sous les auspices
de la divinité, à qui vous devenez parjure; mais je veux vous
parler selon les sens : souvenez-
vous des désordres où fait tomber l'amour criminel, & reflé-
chissez aux douceurs que le légitime fait goûter : cette épouse
n'est occupée que du soin de
vous plaire; celui qu'elle prend
de vos enfans doit vous convier
à un retour, sa vertu doit flatter
votre goût, vous êtes sûr de posseder son ame & ses affections
après le Créateur; elle ne connoît pas d'autre bonheur que celui de vous aimer, ses tendres
embrassemens partent du cœur,
elle est toute à vous : un Prince
peut-il souhaiter une plus grande

N

satisfaction: Il n'a pas la confcience bourelée de remords, fon efprit n'eft point agité de ces mouvemens convulfifs qui ne font que tirannifer l'ame, toute l'ambition de l'époufe eft bornée à plaire à l'époux, il n'eft pas obligé d'alterer fes finances pour contenter fa cupidité ; le peuple n'eft pas foulé pour des dépenfes frivoles ; les Miniftres & les Juges font choifis par le difcernement ; les Courtifans fe modelent fur le Prince : s'il s'en trouve de vicieux, ils n'ofent faire éclater le vice, leur conduite ne fcandalife point ; le Prince eft affidu à fes Confeils, il a fes momens de travail, il en a de diffipation honnête & permife, Dieu répand fes bénédictions fur lui, fur fa famille & fur le peuple qui devient un rempart invincible contre les attaques qu'on pourroit lui porter ; mais le Prince livré à la volupté, énerve ses forces en anéantissant celles de l'Etat, le Courtisan se ruine en ruinant le peuple ; s'il arrive une guerre, personne n'est en état de servir, l'ivresse a peine à se dissiper, & tout devient la victime d'un voisin inquiet & ambitieux, le voluptueux est méprisé ; que d'exemples n'avons-nous pas devant les yeux des malheurs où sont tombés les Princes livrés à cette passion ? Cette foiblesse seule fit passer l'Empire des Perses dans les mains d'Alexandre le Grand, quarante milles Grecs sous les ordres de ce Conquerant, mettoient sans peine en fuite cinq à six cens mille hommes que conduisoit Darius, Prince aussi voluptueux que le reste de ses sujets ; la vertu des Grecs au passage de Thermopiles est un exem-

ple encore plus fameux du caractere efféminé des Perfans. Hero-
des Roi des Juifs, étoit un Prince
confommé dans la politique, habile dans la fcience du Gouvernement, il connoiffoit la vertu
du Précurfeur du Chrift, il tenoit ce Prophete en prifon, plutôt par complaifance pour le peuple, que par aucune averfion
qu'il eût pour lui, nulle raifon
d'Etat ne put l'obliger d'attenter
à la vie du jufte ; Herodias feule par les charmes de fa danfe &
fes poftures indécentes devoit
triompher de la répugnance
qu'avoit le Monarque voluptueux de répandre le fang innocent, il ne put refufer cette victime
aux follicitations lafcives de cette
proftituée, & la tête de S. Jean
fut la récompenfe des complaifances criminelles d'Herodias.
Les premieres années du regne

de Neron, l'un des Prédecesseurs
du Grand Constantin dans l'Empire du monde , avoient été marquées par un gouvernement juste
& équitable ; tant qu'il fut vertueux , il fit l'admiration & les
délices du peuple : mais s'étant
laissé entraîner à un penchant
trop rapide pour le vice , il devint
l'horreur du genre humain ; les
viols , les rapines , les incendies ,
les meurtres , & les proscriptions
émanerent de son ame livrée à la
corruption , & caracteriserent
chaque moment de sa vie , jufqu'à ce que le Ciel las de ses crimes , réveillât la hardiesse du
peuple , qui étoit noyé dans des
ruisseaux de sang : Que devint ce
Prince malheureux ? Il fut obligé
de se cacher dans des ronces &
des épines pour dérober sa tête
dûe à la vengeance du peuple ; il
fut contraint d'être le Sacrifica-

teur de la victime dûe aux manes d'une quantité d'innocens qui avoient péris sous ses coups, il se tua lui-même.

Quelle fin déplorable cette passion effrenée ne procura-t-elle pas à la fille unique du premier de nos Empereurs ! Julie étoit fille d'Auguste, pour lors maître du monde ; cette Princesse née avec toutes les graces que la nature ait jamais prodigué à une mortelle, premiere Princesse de l'Univers, unique consolation d'Auguste, épouse successivement de Marcel, d'Agrippa, & enfin de Tibere, se livra à un désordre public que les Laïs auroient condamné. Qu'ariva-t-il de sa débauche ? Elle jetta une amertume affreuse sur les jours de son pere ; elle devint la fable du public ; elle s'attira si fort le mépris de Tibere, que cette Princesse, qui

avoit vû tout l'Univers à ſes pieds,
mourut de faim & de miſere dans
une Iſle, où Tibere, las de ſes
impudicités, l'avoit releguée, avec
défenſe de lui porter aucun ſecours. Voilà ou le crime conduit ; voilà le fruit de la concu-
piſcence, & la fin funeſte du voluptueux. Mettez en contraſte le
bonheur ſuivi d'un Joſeph qui aima mieux ſubir une longue captivité, que d'adherer aux ſollici-
tations impures de la femme de
Putiphar ; joignez-y la protection viſible du Ciel à l'égard de
la chaſte Suſanne, vous n ſça-
vez les hiſtoires, & confrontez
la punition des uns avec la ré-
compenſe des autres, vous ne
trouverez point de matiere au paralelle ; la difference en eſt ſenſible ; la religion, les bonnes
mœurs, l'amour propre même ſe
trouvent bleſſés dans la volupté ;

les engagemens du mariage font
fi beaux, quand deux perfonnes
vertueufes fe trouvent unies par
ce lien, leur amour reciproque,
leurs tendres embraffemens, cette concordance intime du caractere, forment un bonheur dans
cette vie, qui tendant à la félicité
du peuple & à la profperité du
Roi, conduit infenfiblement le
Prince à la gloire éternelle que
Dieu prépare aux cœurs droits &
juftes ; d'ailleurs l'adultere & la
fornication font prohibés par
les Commandemens de Dieu :
les Loix humaines formées fur
cette défenfe, prononcent des
peines contre ces deux vices. Le
Roi dépofitaire de l'autorité des
Loix, eft obligé de les faire executer : mettons la main fur la
confcience, un Roi peut-il avec
juftice infliger une peine à un
homme coupable d'un crime

qu'il commet tous les jours, &
fouvent à la vûë de tout un peuple ? C'eft ici un argument naturel , & tiré de la feule raifon.

Philotecte embraffa Adrafte à
la fin de fon difcours , dont il fe
fentoit vivement touché ; comme il étoit tard , ils fe féparerent
pour voir le lendemain de nouveaux fpectacles. Hiftafpe faifoit
fa réfidence dans une Ville jolie
& fort peuplée ; & ce fut dans
cette ville que nos voyageurs fe
rendirent le lendemain , afin de
voir auffi la Cour de ce Prince.
Ils allerent d'abord au Palais : on
ne voyoit Hiftafpe qu'aux heures
des repas , & ce Prince le refte du jour étoit occupé à dor-
mir, ou renfermé dans fon appartement avec les Partifans de
fa gourmandife, livré tout entier
à la débauche. Nos curieux fe
promenerent long-tems dans une

gallerie de peinture magnifique ; chaque tableau caractérisoit en plein le vice dominant du Souverain. Adraste se fit un plaisir d'en expliquer les principaux à son éleve. Regardez ce premier tableau, lui dit cet homme de bien, où il paroît une Reine belle & magnifique, avec un homme de bonne mine vêtus à la Romaine, se livrant entierement aux plaisirs de la table. Ces deux personnes auroient été grands, si livrées à la gourmandise & à la volupté, ils n'avoient pas terni par ces deux vices l'éclat des vertus qui étoient en eux. Cleopatre que vous voyez, étoit Reine d'Egypte, doüée de toutes les qualités du corps & de l'esprit propres à former une des plus grandes Reines du monde ; sa beauté étoit incomparable : Antoine qui est à côté d'elle, étoit Général de la

Cavalerie Romaine, lorſque le Grand Jules Céſar Dictateur perpetuel de la Republique de Rome, fut aſſaſiné dans le Senat, il forma avec Octavius Céſar neveu & petit fils adoptif de ce grand homme, & Lepide, le fameux Triumvirat qui acheva de terraſſer la liberté Romaine, & dont la fin fut le commencement de l'Empire d'Auguſte. Antoine avoit des belles qualitez ; il paſſa en Egypte, où il devint amoureux de Cleopatre; il avoit un penchant invincible pour les plaiſirs : cette Princeſſe connoiſſant ſa foibleſſe, l'attacha par cet endroit à la volupté ; ils conſommoient les jours & les nuits dans les feſtins , pendant que les digues de l'Empire ſe rompoient de tous côtés , cette Princeſſe effrenée fit diſſoudre dans celui dont le peintre nous retrace ici l'image, une perle qui valoit cent mille écus, pour la faire avaler à fon amant, qui de fon côté enyvré d'amour & de vin, départoit à fa maîtreffe les plus belles Provinces de la Republique. Que faifoit Augufte pendant ce tems-là ? Dégoûté du partage de l'Empire, il ne fongeoit qu'à fe l'affurer tout entier, il agiffoit vivement pendant que fon Collegue s'endormoit dans le fein des voluptez ; & quand il eut affermi fon autorité dans Rome par la chute de Lepide, il paffe en Egipte, Antoine n'eft plus ce Général actif, dont le nom s'étoit répandu par tout l'Univers : fon efprit énervé dans les plaifirs ne lui fournit aucune détermination fixe ; la compagne de fa diffolution ne peut le fauver du coup qui l'attend, nos deux rivaux combattent auprès d'Actium. Augufte eft vainqueur, la Reine quitte la partie, Antoine fuit fon funefte exemple : enfin cet illuftre Romain fe voit dans la cruelle néceffité de fe faire mourir, Cleopatre l'imite dans fon défefpoir, ils fe dérobent par leur mort, au triomphe de leur ennemi. Ce trait n'eft pas l'effet d'une grandeur d'ame, c'eft une marque, au contraire, de fa foiblefle, livrés à leur abominable yvrefle, ils n'ont pas la force de foutenir le premier choc de la fortune. Il y avoit encore de la reffource ; mais tout fe reffentoit en eux de la corruption du cœur. Voilà, mon cher Philotecte, comment périt un homme que le rang & la fortune avoient mis en état de commander à une partie de l'Univers ; voilà la fin funefte d'une Reine Souveraine d'un puiffant Royaume agrandi & affermi par la vertu de fes Ancêtres.

Le deuxiéme tableau repré-
sentoit une table chargée d'une
quantité prodigieuse de toutes
fortes de mets. Un Prince étoit
affis à la premiere place , & une
foule de Courtifans entouroit cette table. Ce tableau , dit Adrafte
à Philotecte, en continuant fon
explication , repréfente la gourmandife outrée de Vitellius , l'un
de nos Empereurs ; toute fon occupation ne tendoit qu'à faire re-
chercher , jufques dans les Provinces les plus reculées de l'Empire , tout ce qui pouvoit contenter fa gourmandife. On fervit un
jour à fa table jufqu'à deux mille
plats dans un feul repas. Le Prince ne s'inquietoit nullement du
gouvernement , il s'en rapportoit
entierement à des favoris indignes partifans de fa débauche , &
qui en s'enrichiffant du bien du
peuple , en devenoient autant de

tirans. Son regne fut court, & le
fer du Citoyen trancha des jours
que les excès auroient terminé
bien-tôt après ; en voici un autre, continua le Romain, qui,
quoiqu'il ne soit pas suivi d'abord
d'un exemple si funeste, ne renferme pas un trait moins odieux
de cet excès. Alexandre le Grand
ce fameux Conquerant, qui trouvoit l'Univers trop petit pour ses
vûës ambitieuses, est ici livré à la
foiblesse des hommes du commun ; il fait un repas somptueux
pour célébrer ses nouvelles victoires, on y boit excessivement :
ce Prince devant qui les plus puissans Rois fléchissent, se laisse emporter au torrent de la débauche ; les fumées du vin se mêlent
dans sa tête à celles de l'orgueil
qui n'y dominoit déja que trop ;
Philippe son pere n'est plus rien
en comparaison de lui, notre

écervelé ne le regarde que comme un Prince foible & nonchalant, parce qu'il se contentoit de
posseder la Macédoine, il s'éleve
à tire d'aîles au-dessus de lui, ses
Courtisans échauffent par leurs
adulations, son cerveau déja
boulleversé par le vin. Clitus seul,
que la Cour n'a point gâté, ne
peut applaudir à cette vanité, les
vertus du pere ne sçauroient être
balancées dans son cœur par l'extravagance du fils. Cet honnête
homme veut parler. Alexandre
ce Prince si grand avec Porus, si
généreux envers les femmes de
Darius, poignarde l'homme sincere, & ensanglante du sang de son
ami, une table, où il ne devoit régner que la joye honnête de voir
prosperer les armes du Monarque. Alexandre revenu de son
yvresse, pleure, gémit & déteste
ce meurtre; il ne veut ni boire ni
manger,

manger, il ne veut voir personne, il n'est plus tems, Clitus est mort; son repentir même ne part pas de la vertu, puisqu'il ne se corrige pas du vice; il y retombe & y persevere, jusqu'à ce que de retour à Babilone, après la conquête des Indes, il trouve la mort dans ce qui avoit fait son plaisir pendant la vie. Que d'exemples le Peintre ne nous auroit-il pas tracé, s'il avoit eu connoissance du Christianisme! La Religion l'auroit instruit d'une infinité d'évenemens de cette nature rapportés dans l'histoire avant la venuë de Jesus-Christ. Je ne veux vous en rapporter ici qu'un; Nabucodonosor avoit pillé le Temple de Jerusalem; il en avoit emporté les Vases sacrez : Balthasar son petit-fils avoit conservé long-tems un respect singulier pour ces effets destinés au Sacrifice dû à la Divinité;

* O

il se livre aux excès de la table; il
fait une débauche considerable
avec ses Courtisans; & dans la chaleur de cette dissolution, il pousse
l'impieté jusqu'à se faire apporter
les Vases sacrés; il boit dans la
Coupe divine, & engage ses Courtisans à en faire de même; ils sont
tous plongés dans l'yvresse; une
main paroît traçant sur la murail-
le des caracteres que personne ne
connoît; cet évenement jette la
terreur dans l'esprit des conviés
& du Roi même; personne ne peut
interpréter ni développer le sens
de ces caracteres, Daniel seul ex-
plique l'énigme; il annonce au Roi
la fin de sa vie & celle de son Empire pour la nuit suivante. La Pro-
phetie s'accomplit au point nommé. Balthasar meurt encore plein
de vin, & son Royaume passe en des
mains étrangeres. Où va l'homme
mourant dans cet état, & quel

compte peut-il rendre au Créateur des talens qui lui ont été confiés ? Combien de réflexions ne doivent pas faire naître des évenemens de cette nature ? Les malheurs inséparables du vice devroient obliger les hommes à les fuir quand ils n'y feroient pas engagés par les attraits de la vertu : d'ailleurs la raison seule distingue l'homme du reste des animaux, & cet homme perd sa raison par un endroit qui le rendant semblable à la brute, altere & ruine insensiblement sa santé, & ne lui laisse qu'un repentir inutile de s'être plongé dans cette corruption, quand l'âge ou les maladies lui ôtent les moyens de s'y livrer, Que peut enfin un homme yvre : ou de quoi n'est-il pas capable ? De quelles affaires peut-il décider ? Au lieu qu'un Prince ami de la temperance a toujours l'esprit

fain & entier pour remplir les devoirs de fon état ; capable de dif-
cerner le vrai d'avec le faux , il
n'eft point expofé à commettre
les injuftices, qui en revoltant les
hommes, attire fur lui la maledic-
tion de Dieu ; il a fes heures marquées pour la priere , pour les
confeils , pour fa famille & pour
fes repas ; il ne donne à la nature
que ce dont elle a befoin, il a fes
momens de plaifirs permis : s'il eft
en campagne, il retourne chez
lui avec la même tranquillité qu'il
avoit quand il en eft parti ; en
quittant fes amufemens, il eft en
état de fe livrer totalement à fes
affaires ; cette conduite le fait aimer de fon peuple , refpecter de
fes voifins , & elle infpire aux uns
& aux autres une crainte de lui
déplaire, & éloigne d'eux tous fujets de mécontentement. On ouvrit alors l'appartement d'Hiftaf-

pe ; le Prince alloit se mettre à
table , & nos voyageurs entrerent
sans peine jusques dans la salle du
festin ; Histaspe leur parut un
Prince assez aimable, & ses Courtisans ne respiroient que la joye.
Le Monarque apperçut nos voyageurs , & voulut sçavoir qui ils
étoient. Adraste répondit à celui
qui vint s'en informer , qu'ils
étoient Citoyens Romains qui
voyageoient par curiosité , & que
l'envie devoir le Roi avoit fait dé-
tourner de leur route; on servit à
table une quantité si prodigieuse
de viande , que Philotecte ne put
s'empêcher de dire à Aristodeme
que ce repas seul suffiroit pour
entretenir la table de son pere
pendant huit jours ; ils n'avoient
pas envie de voir finir la scene,
elle devoit durer trop long-tems,
ils en furent d'ailleurs empêchés
par un Officier , qui avoit ordre

du Monarque de regaler nos étrangers, qui ne purent se défendre de la façon polie avec laquelle cet homme vint les convier de dîner de la part du Prince. Ils resterent deux heures à table, où tout leur fut servi avec profusion ; on y but beaucoup , & Philotecte accoutumé à une vie frugale, se trouva incommodé de ce repas ; il en témoigna son chagrin à ses deux fideles amis, si-tôt qu'ils furent de retour à la Capitale de Clitippe : Je ne suis pas surpris que vous soyez incommodé , lui dit Aristodeme , votre estomach accoutumé à recevoir une nourriture ordinaire, ne peut supporter ce qu'il a pris de trop aujourd'hui, & cette partie du corps destinée à cuire les viandes nécessaires pour former le sang, le chile & les autres liqueurs renfermés dans le corps, étant surchargé , ne fait plus librement fes fonctions ; ce qui joint à l'excès du vin, dérange entierement la machine , qui ne fe foutient en bon état que par un accord parfait de toutes les parties qui la compofent. Adrafte annonça au jeune Prince qu'ils partiroient le lendemain pour continuer leur route : le Romain commençoit d'avoir impatience d'arriver à Conftantinople ; mais il étoit bien-aife de faire voir auparavant à Philotecte le comble de l'impudence du Roi & du peuple, dans une fête folemnelle que l'on devoit célébrer à l'honneur de Venus, la principale divinité de cet Empire;la fêtefut annoncée le lendemain matin par un concert charmant de toutes fortes d'inftrumens doux & melodieux ; toutes les boutiques étoient fermées, tout travail interdit , les ruës étoient tendues des plus belles tapisseries du Royaume qui repréfentoient les débauches infâmes de la Déeſſe & des autres Dieux du Paganiſme. Ariſtodeme, quoique plongé dans cette erreur, ſentoit interieurement le ridicule de cet infâme aſſemblage : comme ils marchoient lentement & qu'ils devoient traverſer toute la Ville avant que d'arriver au Temple, Adraſte eut le tems de raiſonner avec Philotecte ſur le ridicule du culte que l'on rendoit à ces faux Dieux : N'eſt-il pas beau, dit ce grand homme, de voir un Jupiter, à qui on donne le titre de maître des Dieux, ſe transformer en cigne & en taureau, pour jouir d'Europe & de Leda ; ce Dieu qui devroit être le protecteur des précautions du pere de Danaé, ſe transforme en pluye d'or pour ſéduire cette jeune & infortunée

infortunée Princesse ; cette fable
devroit faire rougir la plûpart de
nos femmes qui se dépouillent de
toute pudeur pour un métal,
dont la seule cupidité de l'homme
forme la valeur, & des appas naif-
sans, qui ne devroient être que le
partage d'un cœur tendre & fincere, deviennent la proye d'un
sordide interêt. Apollon ne nous
donne-t'il pas une grande idée
de la divinité quand il court comme un fou après Daphné? Jupiter
dans le mariage qu'il fait de Venus
avec Vulcain, ne veut se ménager qu'une liberté plus grande de
vivre dans le crime avec cette
prostituée. Quel spectacle ridicule de voir tous les habitans de
l'Olimpe autour d'une table avaler à long traits le nectar qui est
un vin réservé pour les bouches
divines ! En verité, peut-on s'imaginer que des têtes de cette na-

P.

ture puiſſent conduire & gouverner cette machine ronde. La
beauté de l'Univers, la ſplendeur
du Firmament, l'arrangement des
ſaiſons & des élemens, les productions de la nature, ne peuvent
être que l'effet d'un être immen-
ſe, exempt de toute foibleſſe, &
dont nous pouvons plûtôt admirer les attributs que déveloper
l'eſſence.

Nos voyageurs arriverent enfin
au Temple de la Déeſſe ; cet édifice étoit ſuperbe & orné de tout
ce que le luxe & la magnificence
avoient pû inventer, ils ſe placerent dans un endroit d'où ils pouvoient tout voir commodement.
Clitipe arriva avec toute ſa Cour,
les femmes qui l'accompagnoient
étoient à demie nues & brillantes
de pierreries ; quand tout le monde fut placé, on entendit un concert admirable de voix & d'inſ-

trumens ; quarante filles des plus
belles marchoient deux à deux,
la gorge & les cuisses découvertes, dansans au son des instrumens avec les postures les plus
lascives & les plus indécentes ;
tout respiroit une débauche outrée ; la Prêtresse terminoit la
marche ; & après le sacrifice fini,
le Roi entra avec toute sa Cour,
dans une maison joignante le
Temple, pour y passer le reste de la
journée dans une volupté & une
dissolution convenables au caractere de la Déesse, dont on cé-
lebroit la fête. C'étoit ici un spectacle nouveau pour Philotecte ;
la nature, dans son boüillant, lui
faisoit prendre plaisir à voir tant
de belles femmes, dans un état à
réveiller les sens les plus assou-
pis. Une seule chose le révoltoit,
c'étoit l'impudence avec laquelle
ces jeunes filles, dont la pudeur

devoit être le plus bel appanage, se montroient ainsi au Public d'une maniere si indécente. La multiplicité des femmes étoit encore permise dans les états de son pere, avant l'arrivée d'Adrafte; mais ces femmes n'étoient vûes que de ceux à qui elles appartenoient; vertueuses dans le crime, leurs affections n'étoient point partagées; il fit connoître son dégoût à Adrafte, qui lui dit, avec cette douceur insinuante & capable de toucher un jeune cœur : Votre ame, mon cher Prince, avide de la vertu, voit avec une espece d'horreur, tout ce qui pourroit l'en éloigner : Perseverez dans ces sentimens, vous vous fortifierez de jour en jour dans leur principe qui vous rendront un Prince grand & propre à faire la felicité de votre peuple ; que le spectacle que nous venons de voir vous ser-

ve à Conftantinople à faire une
difference fenfible de la vertu de
la Princeffe Conftantine avec la
hardieffe & la débauche des femmes de ce pays ; la Reine feule
n'a pas affifté à cette fête ; fa
vertu en auroit troublé l'harmonie, & faites réflexion au défordre
qui arriveroit dans cet Etat fi un
voifin inquiet & ambitieux y tom-
boit à main armée, pendant que
Clitipe eft ici livré à la volupté,
& qu'Hiftafpe eft enfeveli dans
les excès de la gourmandife.

Nos voyageurs partirent le
lendemain , ils marcherent trois
jours fans qu'il leur arrivât rien
d'extraordinaire , & le quatriéme
ils arriverent dans une vafte plaine qui leur offrit d'abord un
fpectacle affreux, la terre étoit
jonchée de corps morts , des
ruiffeaux de fang couloient de
tous côtés ; les cris aigus d'une

infinité de mourans perçoient les
airs : enfin tout reſſentoit l'horreur & le carnage. Il s'eſt livré ici
quelque bataille ſanglante , dit
Adraſte , & la guerre regne dans
ces climats , ce fleau traîne avec
ſoi bien des dangers, il faut tâcher
de trouver quelque bleſſé , de qui
nous puiſſions apprendre les motifs de cette guerre & les ſuites
que l'on peut en aprehender, afin
que nous ne tombions pas dans
quelque rencontre fâcheuſe.
Comme ils jettoient les yeux de
tous côtés , ils apperçurent un
homme aſſis ſur une petite coline,
& qui par la richeſſe & le brillant
de ſes armes leur parut être de
quelque diſtinction ; ils s'appro-
cherent de lui , & virent avec
plaiſir qu'il n'étoit que légere-
ment bleſſé, & qu'avec un peu de
ſecours, ils pourroient lui ſauver
la vie ; ils le firent monter ſur le

cheval d'un des gens de la fuite de
Philotecte, & arriverent au bout
d'une heure dans un petit bois,
duquel on appercevoit une fumée épaisse qui dénotoit quelque
incendie, triste fruit de la guerre;
Adraste, avec quelques simples
pansa le blessé, qui se fit connoître
pour un proche parent du Roy
Misis, qui regnoit dans ces contrées, & qui ayant entrepris par
un mouvement précipité une
guerre injuste contre un Prince
voisin de ses Etats, avoit été contraint d'en venir à une bataille
décisive, où son armée avoit été
entierement défaite; il témoigna
d'être inquiet, si le Roy avoit pû
se sauver, parce qu'il l'avoit vû
plusieurs fois dans la mêlée avec
la valeur des plus grands Héros,
si elle avoit été un peu temperée
par la prudence; je réflechissois
sur ce malheur, continua-t'il,

P iiij

quand, par une protection visible
des Dieux, vous êtes venus à mon
secours. Il fallut passer la nuit
dans ce bois sans aucune nourriture & avec les inquietudes inséparables d'une pareille situation.
Plusieurs troupes armées passe-
rent le long du bois sans y entrer,
& le lendemain quand le soleil
eût dissipé l'obscurité de la nuit,
ils apperçurent un gros de cavallerie à cent pas du bois, ils porte-
rent le blessé dans un endroit,
d'où il pouvoit distinguer assez les
objets, pour qu'il pût reconnoître
cette troupe. Ce sont icy des soldats de Misis, dit-il, à Adraste,
vous pouvez envoyer dire au
Commandant que le Prince
Aristipe est entre vos mains : là-
dessus Aristodeme piqua lui même droit au gros de cavallerie,
qui, un moment après arriva en
bon ordre sur la rive du bois, où

nos voyageurs s'étoient rendus.
Il ne leur fut pas difficile de voir
qu'Aristipe leur avoit parlé vrai,
quand il s'étoit dit parent de Mifis, les respects que lui rendit le
Commandant, en fut une preuve
convainquante. Le Roy est fain
& fauf, lui dit ce brave Officier, &
il n'est inquiet que d'avoir de vos
nouvelles. Nos ennemis n'ont
point abusé de leur victoire, ils fe
font contentés d'avoir vaincu ,
& ont offert à notre Monarque
la paix, à laquelle on travaille
actuellement, les premiers Miniftres des deux Etats font feuls
chargez de, cette négociation.
Voilà le caractere de la veritable
grandeur, dit Adrafte. Un Prince
jufte & aimant fon peuple, ne
cherche pas à perpetuer des guerres, qui dans les victoires les plus
éclatantes tendent toujours à alterer la tranquilité & les richeffes

du corps politique; content d'avoir fait sentir à ses voisins la force de son bras, il ne cherche pas à agrandir ses Etats à leurs dépens, son humeur juste & pacifique tend à la paix & à la concorde, qu'il presente lui-même du sein de la victoire; semblable à l'Etre immortel qui ne châtie jamais les hommes d'une main, qu'il ne leur présente l'autre pour les relever. J'approuve encore, continua le Romain, la maniere de terminer la guerre d'une façon si simple; deux personnes éclairées applanissent aisément les difficulez inseparables d'une réunion de cette nature, le céremonial n'occupe pas le tems si précieux dans ces occasions, & le secret des négociations n'est pas sujet à être éventé, au contraire quand elles se font avec l'éclat proportionné à la dignité

des contractans, tout le monde
en est instruit, la situation tranquille n'est pas du goût de tous
les hommes, il s'en trouve tou-
tours qui soufflent la discorde, ils
étudient l'endroit foible du Prince & s'en servent pour faire penetrer leur venin jusques dans le
fond de son cœur.

Comme Aristipe pouvoit se
trouver incommodé d'être si
long-tems sans prendre aucune
nourriture, on dépêcha un courier au Roy, dont la Capitale n'é-
toit éloignée que de six lieuës ; &
après lui avoir fait prendre quelque confortatif qui se trouva dans
le détachement, la troupe se mit
en marche & arriva le soir au Palais de Misis.

Si la Campagne étoit toute dé-
solée, la Cour de ce Prince étoit
dans une consternation que l'on
ne peut exprimer ; Misis cepen-

dant conservoit un air de grandeur qui ne se ressentoit nullement de l'échet qu'il venoit de recevoir, il embrassa tendrement nos
illustres voïageurs & les remercia
du service qu'ils venoient de lui
rendre dans la personne de son
parent, on eut un soin singulier
d'eux; ils en avoient besoin, Philotecte surtout qui n'étoit pas accoutumé à faire une si longue diette,
on leur servit à souper, & on les
laissa seuls, suivant qu'Adraste l'a-
voit demandé. Je n'aurois jamais
crû, dit Philotecte, que le fils d'un
grand Roi pût tomber dans une
disette pareille à celle d'où nous
sortons; ceci, lui répondit Adraste,
est le pur effet du hazard, cependant personne n'est éxempt d'y
tomber par sa propre faute, je ne
sçai pas encore les morifs de cette
guerre, mais je suis bien trompé si
Misis n'est pas sujet à la colere & aux

emportemens qu'une grande autorité fomente, plutôt qu'elle ne diminuë, fur-tout quand la prudence ne dirige pas fes actions; cependant vous voyez, mon cher Philotecte, ou conduit la vivacité du Prince, & quels malheurs elle opere; comme ils avoient befoin de repos ils furent fe coucher.

Le lendemain Mifis envoya de bonne heure à leur appartement, pour les inviter à paffer dans le fien; les complimens recommencerent à cette feconde entrevuë; & Mifis ayant appris qu'un des liberateurs de fon parent étoit le fils de Theodat, & l'autre un des favoris du grand Conftantin, il n'y eut forte d'honneur qu'on ne leur rendît. Mifis étoit agé de vingt-cinq ans, il avoit l'ame grande, mais altiere, fon cœur n'étoit pas corrompu par ces vices fi

difficiles à déraciner; mais trop
indulgent pour la violence de son
temperament, il se laissoit aller
aisément à la colere, & pour lors
ses vertus se dissipoient, on n'en
reconnoissoit plus la moindre trace; & à peine dans sa fougue pou-
voit-il reconnoître lui-même le
meilleur de ses amis. Adraste à
qui le jeune Prince en fit familierement l'aveu, lui dit d'un air
tranquille; c'est beaucoup, mon
Prince, que vous n'ayez qu'un vice
à combattre, il est vrai qu'il est
dangereux; mais pour le détruire, prenez une ferme résolution
de ne jamais décider d'une affaire
dont la nouvelle vous choque,
que le lendemain que vous l'aurez
reçûë, mettez-vous en tête que le
pouvoir dont vous êtes revêtu
vient d'une puissance superieure
qui vous l'a donné gratuitement,
que vous tenez tout d'elle, &

qu'elle peut quand il lui plaît, vous ôter dans un instant votre rang & votre dignité; lorsque vous voyez tout un peuple soumis à votre Empire, imaginez-vous que c'est une famille que Dieu vous a confié; & qu'il ne vous en a établi le chef que pour faire son bonheur. La colere est un écuëil dangereux contre cette maxime; mais quand on la possede à fond, elle devient d'autant plus sensible, qu'il n'y a pas même de gloire à un Roi de se mettre en colere contre ses voisins ni contre ses sujets; dans le premier cas il s'expose à faire des faux pas dont il a peine à se tirer; dans le second, c'est abuser de sa puissance, pour faire sentir à ce particulier, non plus la subordination si nécessaire au monde, mais une espece d'esclavage, qui ne convient pas à l'homme; d'ailleurs la colere dégenere ordinairement dans une espece de ferocité, qui n'eſt que l'attribut de la brute : il faut que l'homme ſe ſerve de ſa raiſon pour temperer cette dépravation, qui prenant ſa ſource dans l'humeur, attaque ſi fort le caractere, qu'on ne peut l'en ſéparer ; vous avez prétendu être offenſé par votre voiſin, ſans écouter les conſeils de vos Miniſtres, ſans conſulter votre raiſon, vous vous êtes laiſſé emporter à la colere, au lieu de demander une explication de l'inſulte prétenduë, vous déclarez la guerre, vous mettez votre armée en campagne, vos courtiſans avides de flatter votre temperament s'épuiſent pour paroître avec éclat à la ſuite de votre vengeance, votre peuple eſt ſurchargé, les campagnes ſont déſertes, vous livrez bataille, vous êtes battu, une infinité de braves gens périſſent dans cette action, le pere vous redemande

redemande fon fils, la femme fon
mari , le frere fon frere, le carnage & le feu font les fuites funeftes
de votre emportement ; & quel
comble de malheur ! fi vous aviez
eu affaire à un Prince auffi colere
que vous , vous ne feriez plus dans
votre Palais , errant & vagabond,
vous feriez à prefent le joüet de
la fortune, & peut-être, hélas! la
victime du défefpoir ; mais , lui répondit Mifis,une offenfe peut-elle
s'oublier aifément , Jupiter même
pourroit-il réfifter à un outrage :
en donnant à Jupiter le caractere
de la Divinité , lui répartit le Romain , vous lui donnez toutes les
foibleffes de l'homme,il n'ya,mon
cher Prince qu'un feul Dieu im-
menfe & impaffible,unDieu jufte,
mifericordieux & vengeur , qui a
créé le Ciel & la Terre, qui uous a
formé tous,& de qui nous dépendons abfolument;il nous ordonne

Q

entr'autres chofes le pardon des
injures;nous ferions bien malheureux s'il fuivoit nos maximes,nous
l'outrageonsàchaqueinftant,mais
il eft toujours prêt à nous recevoir
dans fes bras mifericordieux , un
repentir fincere de l'avoir offenfé
fait oublier l'offenfe ; c'eft en fuivant fon exemple qu'un Roi gouverne avec équité , qu'il fait le
bonheur de fon peuple en faifant
fa propre felicité.

La colere d'ailleurs que l'on
déguife fouvent fous le nom de
promptitude , fait naître dans le
cœur de l'homme un défir trop
precipité de fe venger de la plus
petite injure, l'homme avant de
s'abandonner à ce torrent impetueux , doit commencer par examiner la qualité de l'offenfe prétenduë , fi elle eft grave , & qu'elle foit de ces injures marquées
aux coins de la groffiereté ou de

l'impudence, un mépris formel
pour l'homme qui insulte, vous
en venge suffisament ; si le hasard
ou l'imprudence l'a fait naître,
vous découvrirez aisément dans
l'offenseur une honte qui le fait
rougir de sa sottise; alors cet homme a plus besoin de votre indul-
gence que de votre rigueur, dont
la raison doit être la moderatrice,
l'homme vindicatif devient sem-
biable à la brute, les mouvemens
impetueux qui l'agitent ne lui
laissent aucune marque de cette
humanité qui satisfait si pleinement l'honnête homme ; obliger
tout le monde en général & ne
chercher qu'à faire le bien, c'est
le propre d'un bon caractere, qui
sans étudier les differentes classes
de mérite, suit le penchant qu'il
a de donner ; faire du bien à ceux
qui nous ont rendu quelque service, c'est un effet de la recon-

noiſſance qui devroit être gravée
dans le cœur de tous les hommes;
mais rendre ſervice à ceux qui
nous ont offenſés, c'eſt-là le vrai
ſceau de la grandeur; l'homme
ici ſe tire hors du commun, les
vertus chrétiennes & morales
conduiſent à cette perfection; Je-
ſus Chriſt en expirant prioit ſon
pere pour ceux qui l'avoient cru-
cifié : Auguſte nous donne un
grand trait de cet héroïſme, dans
le tems de la conſpiration de Cin-
na, l'attentat ſur ſa perſonne ſa-
crée étoit averée, il n'en pouvoit
douter, tout l'engageoit à la vengeance, la punition des coupables
devenoit néceſſaire à ſa ſureté;
cependant rien de plus beau que
le diſcours que lui fit l'Imperatrice Livie touchant la clémence,
rien de plus humain qu'Auguſte
dans le parti qu'il embraſſe, il
donne à dîner le lendemain aux

conjurez ; qu'arriva-t-il de là ? ces
infenfés eurent honte de leur
projet, ils n'en furent que plus
foumis à l'Empereur, au lieu que
la vengeance en attaquant les
premieres familles de Rome, en
auroit formé autant d'ennemis.

La République Romaine étoit
perduë après la bataille de Can-
nes, fi Fabius avoit voulu fe venger des outrages que lui fit l'efpece de Collegue qu'on lui avoit
donné; mais la moderation de l'un
corrigea l'impétuofité de l'autre ;
l'occafion de le perdre fe préfente ; il eft repouffé par les troupes
d'Annibal : Fabius pouvoit le laiffer périr ; mais ce grand homme
fe regarde ici pour rien ; il n'envi-
fage que le bien de la patrie ; il
vole au fecours de fon calomnia-
teur, & le réduit à la neceffité de
reconnoître fon tort, & de venir
lui demander fon amitié.

Misis étoit étonné du discours d'Adraste ; ce Prince, malgré la force du tempérament, sentoit celle qu'il renfermoit, il se passoit dans son ame des mouvemens qu'il ne pouvoit définir. Philotecte de son côté, goûtoit à longs traits le plaisir d'entendre parler ce digne Ministre, & Aristodeme se confirmoit de plus en plus dans la résolution qu'il avoit prise de s'éclaircir sur l'erreur dans laquelle il avoit vécu jusqu'alors.

Dès le lendemain la paix fut solemnellement publiée, & l'harmonie entierement rétablie entre les deux Etats : Adraste voulut prendre congé de Misis ; mais le Prince l'obligea de rester encore quelques jours à sa Cour ; le Romain n'étoit pas fâché de cette petite violence, toutes ses vûës tendoient à étendre le culte du vrai Dieu en acquerant des alliés &

des amis à son maître. Le cœur
de Misis étoit agité ; ce Prince sut
impatient de renoüer la conversation ; elle se passa en sentimens
chretiens & politiques : Adraste
possedoit l'art de lier ces deux
maximes ; de maniere que la derniere tiroit ses principes les plus
stables de la premiere ; il lui parla
en gros de la gloire de Dieu, de
l'avenement du Christ, de la ré-
demption universelle qu'il avoit
operée par sa mort, de l'établissement de l'Eglise, de la conversion
miraculeuse du grand Constantin, de ses victoires & de ses triomphes depuis qu'il avoit reconnu le
pouvoir de la Croix, & lui avoit soumis sa puissance; c'est à la Cour de
cet Empereur, continua Adraste,
que l'on trouve l'assemblage de
toutes les vertus, le peuple joüit
sous son Empire d'un bonheur
parfait ; & s'il reste armé, ce

n'est que pour deffendre la cause
du Dieu des nations., détruire l'I-
dolatrie,.& faire respecter ses Loix
qu'il modele sur celles du Souverain du monde. Misis en qui la
grace commençoit de faire son
effet,demanda à Adraste qu'il lui
fût perm's de le faire accompagner par des Ambassadeurs qu'il
vouloit envoyer à Constantin,tant
pour lui demander son amitié, que
pour le prier de lui envoyer quelques personnes qui pussent l'instruire & lui faire connoître particulierement le Dieu dont il lui
parloit ; la chose fut bientôt re-
glée , & en peu de jours tout fut
prêt pour leur départ. Philotecte
qui étoit toujours resté dans son
incognito , excepté du côté du
Roi, reçut de ce Prince mille marques d'amitié , Aristipe ne pouvoit assez lui témoigner sa reconnoissance ; enfin ils partirent de
ce

cet endroit, laiſſant après eux un tréſor d'eſtime & de conſidéra-tion, que la vertu ſeule peut pro-curer.

A la premiere couchée, Adraf-te s'enferma ſeul avec Philotecte ; les converſations avoient été gé-nérales juſques-là; leMentor vou-loit entretenir familierement ſon Eleve ſur les derniers évenemens, & entrer avec lui dans le détail d'une paſſion trop ordinaire aux jeunes gens : Vous venez de voir, mon cher Prince, lui dit ce digne Philiſophe, une de ces cataſtro-phes que fait naître la paſſion dominante de l'homme, & de quels malheurs eſt ſuivi le reſſen-timent trop prompt d'un Prince : un moment de colere, le défaut de réflexion cauſent la ruine d'un peuple entier, & fait chanceler un Prince puiſſant ſur un Thrône où la vertu fait goûter un plaiſir

R

parfait ; ce qui arrive dans un Roi influë fur le particulier : prenons l'homme dans fon effence, qu'eft-ce qui le diftingue du refte des animaux? La raifon : chaque efpece dans la brute fuit l'inftinct que la nature lui a départi, le lion eft cruel, le tigre & la panthere font féroces, la colombe eft timide, le ferpent eft cauteleux ; comme ils n'ont en partage, comme je viens de dire, que leur inftinct, ils ne s'en écartent jamais ; mais le lion ne combat point contre le lion, ni le tigre contre le tigre, chaque animal refpecte dans fon efpece les arrangemens de la nature, il ne connoît pas d'autre Loix, il les exécute ; mais l'homme créé à l'image de Dieu, a d'autres attributs ; Dieu l'a formé d'un peu de terre ; mais en le formant il lui a communiqué une portion de fa divinité, qui eft l'ame qu'il a

rendu immortelle comme lui :
Dieu qui vouloit se faire une créature parfaite, a doüé cette ame
d'une raison, par laquelle elle devoit discerner les objets sensibles,
& connoître l'immensité du Créateur ; cependant l'homme s'est
livré à la corruption, négligeant
les principes de cette raison, par
laquelle seule il pouvoit connoître les attributs de la divinité, il
s'est laissé entraîner au torrent du
vice ; & Dieu dans tout l'univers
ne put trouver qu'une famille juste, quand il lâcha les eaux de sa
colere pour exterminer l'espece
humaine : A peine le monde com-
mençoit-il à se repeupler, que les
uns par ambition, les autres
par un sang trop bouillant,
tout se dispersa de nouveau, &
vécut dans l'iniquité jusqu'à la
vocation d'Abraham, que Dieu
se choisit un peuple favori ; il lui

donna des Loix qui forment encore aujourd'hui la baſe du Chriſtianiſme ; c'eſt donc dans l'obſer-
vation de ces Loix que l'homme
fait uſage de ſa raiſon,& qu'il rend
compte au Créateur de la portion
de ſa divinité qu'il lui a départi:
Quel déſordre ne ſeroit-il pas arrivé dans la famille d'Abraham
même , ſi Jacob ſachant qu'Eſaü
ſon frere venoit au-devant de lui
pour le combattre & le piller,
n'avoit pas prévenu ſes fureurs par
les reſpects qu'il lui rendit ? Il eſt
rare d'ailleurs qu'un homme ſe
ſoit livré à la colere ſans reſſentir
en lui-même un remords de ſon
emportement ; la douleur interieure de celui contre qui nous
nous fâchons, doit réveiller notre
humanité,& nous faire ſentir notre
tort ; il eſt bien plus aiſé de prévenir ces mouvemens que d'y donner des bornes, & nous devons

nous accoutumer de bonne heure à réprimer un bouillant du tempérament, qui nous jette insensiblement dans toutes sortes de malheurs. Un Prince sujet à la colere écarte de lui la verité, personne n'ose lui en faire voir la beauté; le vice est encensé; & s'il se trouve parmi les courtisans des gens assez vertueux, pour ne pas donner dans l'adulation, ils se contentent de garder le silence; la crainte d'irriter l'humeur du Prince les éloigne de la Cour. La colere enfin tire sa source de l'orgueil, si nous nous mettons en colere contre notre inferieur, nous abusons de notre état, avec notre semblable, nous perdons souvent un ami utile, & nous écartons de nous tous ceux qui pourroient nous servir dans la conduite des mœurs & des affaires; avec notre superieur, nous nous atti-

R iij

rons le blâme de tout le monde ;
manquans au respect nous man-
quons à une des choses des plus
essentielles de la societé, un chacun nous fuit & nous méprise, les
hommes ont tellement besoin les
uns des autres, qu'il arrive souvent
des cas imprévus où lefoible opere le falut du fort ; l'apologue fuivant nous en donne un modele
frapant. Le LionRoi des animaux,
avoit la patte levée pour écrafer
un rat quife trouvoitfur fon paffage, helas ! lui dit le frefle animal,
que te reviendra-t'il de ma mort ?
ta puiffance n'en fera pas augmen-
tée, laiffe moi vivre, je peux te
devenir utile ; le Lion fut touché
de la foumiffion du rat, il lui laiffa la vie : quelque tems après l'a-
nimal furieux fut pris dans les fi-
lets des chaffeurs, il ne poûvoit
s'en dépetrer, le rat fe trouva là
à propos pour couper les mailles

du filet, & fauva la vie au Roi des
animaux ; nous voyons tous les
jours de ces évenemens qu'Efo-
pe nous a figurés par cette fable :
il ne faut, mon cher Prince, fe
connoître grand que par le bien
que l'on fait ; aimer Dieu de tout
fon cœur & fon prochain comme
foi-même, c'eft le fceau de la
grandeur.

ARGUMENT

DU TROISIE'ME LIVRE.

PHilotecte arrive dans les Etats de Thieste, Prince paresseux. Situation de ce pays, discours sur la paresse. Description du Palais du Roi. Reflexions sur l'oisiveté des habitans. Occupations d'un Prince actif & laborieux. Ils vont à une promenade publique; Philotecte est surpris de tout ce qu'il y voit. Caractere du peuple. Reflexions d'Adraste sur les malheurs où entraîne la paresse. Nos voyageurs arrivent sur les Frontieres de l'Empire Romain. Ils s'arrétent à quatre lieuës de Nicomedie chez Philippe, autre-fois Favori d'un parent de Diocletien qui s'est retiré de la Cour; discours sur sa disgrace. Entrée de Philotecte dans Nicomedie; il y trouve un neveu d'Adraste qui vient le complimenter de la part de l'Empereur. Philotecte

arrive à Conſtatinople. La ſuperbe réception qui lui eſt faite. Entrevuë de
ce Prince avec l'Empereur ; Conſtantine voit paſſer le jeune Prince incog-
ni.o. Effet de la ſimpathie qui ſe forme
entr'eux. Diſcours ſur le bonheur du
regne de Conſtantin. Premiere entrevuë du Prince & de la Princeſſe. Les
Ambaſſadeurs de Miſis ont leur premiere audience. Diſcours de Conſtantin ſur la paix & ſur la guerre ; caractere de ſes Miniſtres. Profeſſion de
foi de Philotecte, & batême d'Ariſtodeme. Fete que Conſtantin donne a la
pointe du Boſphore; deſcription de cette
fête.

Entrevue de Philoctete avec la Princesse Constantine

LIVRE III.

PHILOTECTE employa deux jours à traverfer les Etats de Mifis, où il ne paroiſſoit plus aucune marque des allarmes que la guerre y avoit répanduës, & ils arriverent le troiſiéme dans un pays délicieux pour la ſitua-tion : des vaſtes plaines coupées par mille petits ruiſſeaux, des cotteaux chargés d'une agréable verdure, des villes & des bourgs, des bien bâties y faiſoient un aſ-ſemblage parfait de tout ce que la nature peut préſenter de riant aux yeux des hommes : Philotec-te étoit charmé de voir tant de beautés naturelles ; une ſeule choſe l'inquiétoit, ces plaines n'é-

toient nullement cultivées, on y
voyoit au travers des ronces &
des épines, quelques seps de vi-
gne par-ci par-là, qui marquoient
bien la bonté du terroir, mais qui
en même tems en faisoient regret-
ter la perte. Les hommes qui ha-
bitent dans ces contrées, dit un
des Ambassadeurs de Misis, composent le peuple le plus paresseux
du monde; ils sont nés sous un
climat heureux; mais livrés à la
fainéantise, ils négligent l'agriculture & tous les arts qui procu-
rent les commodités de la vie.
La nature prodigue de ses biens
est ici négligée par l'aversion du
peuple pour le labeur; renfermé
dans son indolence, il manque le
plus souvent du nécessaire; les
habitans des villes suivent l'exemple de ceux de la campagne, &
Thieste leur Souverain livré à
une vie molle & effeminée, ne

peut donner ſes ſoins pour empêcher la corruption générale.

La pareſſe, dit Adraſte, conduit
à une infinité d'autres vices,
l'homme eſt fait pour le travail;
& dès qu'il reſte dans l'oiſiveté,
les membres s'engourdiſſent, les
humeurs s'accumulent, elles s'é-
paiſſiſent & rendent inſenſiblement l'homme peſant & hors d'é-
tat d'agir ; l'eſprit qui n'eſt pas
dans ce mouvement continuel,
qui en l'aiguiſant le fait agir & pen-
ſer, s'abrutit, & laiſſe au corps toute la liberté de ſuivre ſes impul-
ſions, les ſens prennent le deſſus,
d'où il s'enſuit infailliblement que
l'homme ſe livre à toutes les paſſions qui peuvent le flatter.

Ils arriverent le ſoir dans une
petite ville ſituée très avantageu-
ſement pour le commerce, ſa ſituation ſur les bords de la mer,
lui ouvroit un chemin libre & ai-

fé pour le négoce ; mais loin d'y
trouver des habitans actifs, & d'y
voir le mouvement laborieux où
fe trouve continuellement un
peuple adonné au travail , les
hommes ici étoient , les uns renfermés dans des tavernes où ils
paffoient une partie du jour , les
autres étoient affemblés à certai-
nes heures dans des places publi-
ques occupés à s'informer des
nouvelles indifferentes au fond,
mais dont ils fe faifoient un point
capital ; les femmes renfermées
dans leurs chambres , paffoient
de leur coté le tems à s'entretenir de chofes frivoles , au lieu
d'être occupées de leur domefti-
ques , ou de travailler à des ouvrages convenables à leur fexe ; à
peine fe trouva-t-il un domeftique
pour recevoir nos voyageurs à
l'hotellerie où ils allerent defcendre ; ils furent introduits dans

un appartement où tout étoit
dans un dérangement affreux, il
n'y avoit pas feulement de quoi
leur donner à fouper, la maîtreffe
du logis couchée nonchalamment
fur un fopha, eut peine à fe lever;
le maître étendu dans un fauteüil
ordonna à un domeftique de
prendre foin de fes hôtes, & ceux
de Philotecte furent obligés d'ap-
prêter eux-mêmes le fouper de
leur maître. Voici un fpectacle
fingulier, dit le jeune Prince, &
l'homme peut-il être affez ennemi de foi-même pour fe laiffer
tomber dans l'indigence, faute de
travailler; voilà le propre du négligent & du pareffeux, lui dit
Adrafte, fa fainéantife naturelle
fait naître en lui la fotte ambition
de regarder le travail comme
une chofe qui le deshonoreroit,
cette folie le mene à méprifer le
refte de l'efpece humaine, avec

laquelle il ne peut lier aucun commerce.

Philotecte ne resta pas long-tems dans cet endroit, il avoit conçû d'abord un mépris formel pour le vice dominant de ce pays, la vivacité de son tempérament étoit contraire à la nonchalance qui y regnoit par-tout; ils arrive-rent le lendemain à la Capitale de Thieste. Les maisons, quoique bâties manifiquement, avoient un air de dérangement qui déno-toit le peu de soin qu'on en pre-noit, l'herbe croissoit dans les ruës, peu de boutiques ouvertes; enfin cette Ville ressembloit à un beau corps inanimé; ils furent le lendemain au Palais de Thieste, la moitié du jour étoit écoulé, que ce Prince n'avoit pas encore pa-ru, les appartemens étoient rem-plis de Courtisans, qui avec un air nonchalant avoient peine à

remuer

remuer les pieds; le Monarque se faifoit porter pour paffer d'une chambre dans une autre; & ce qui les furprit le plus, ce fut la rencontre d'un Négociant du Royaume de Mifis qui étoit connu des Ambaffadeurs de ce Prince; cet homme étoit depuis un an à la Cour de Thiefte pour demander juftice d'un tort confidérable qu'on lui avoit fait, fans avoir pû encore obtenir la réponfe des Placets qu'il avoit prefentés à ce fujet au Roy & aux Miniftres; il ne s'étoit tenu que deux Confeils depuis fix mois; il eft vrai que le Miniftere n'étoit pas chargé de beaucoup d'affaires; la négligence du peuple étoit telle qu'il laiffoit aller fes intérêts à l'abandon; Thiefte paffa dans le moment, il étoit porté dans une chaife découverte; ce Prince avoit l'air d'une pagode, à peine

S.

daignoit-il remuer les yeux, il alloit diner à une maison de plaisance qui étoit à un mille du Palais,
il étoit suivi d'une quantité prodigieuse d'hommes & de femmes,
portés dans de pareilles voitures,
de maniere que l'on pouvoit penser que le tiers des habitans étoit
porté, & les deux autres tiers employés à porter: quelle extravagance, s'écria Philotecte, à un Prince
de ne faire aucun usage de la fa-
culté qu'il a de marcher? les hommes occupés à un éxercice si ridicule seroient bien mieux employés à des ouvrages plus soli-
des ; comme ils étoient assis dans
un cabinet où ils étoient seuls; c'est
le propre du goût de la nation,
dit Adraste, qui traîne après soi
une confusion horrible ; la paresse, continua le Romain, est un
vice très-dangereux, & la source,
pour ainsi dire des autres vices;

l'homme livré à l'oisiveté n'est
plus propre à rien. Quand Dieu
a créé l'homme, il a départi à
chaque individu un talent particulier auquel il devoit s'appli-
quer, cette application ordon-
née par le Createur parut elle-
même d'une néceffité indifpen-
fable ; la Terre après la chute du
premier homme , ne produifit
plus que par le travail ; il fallut la
cultiver , l'homme inventa les
arts & les métiers , à mefure que
fes befoins fe déveloperent, & il
fe fit une loy naturelle de la néceffité de les perfectioner ; les
focietés fe formerent enfuite , &
lesSouverains,qui par leur mérite
furent choifis pour les gouverner,
fe placerent , pour ainfi dire, au
centre de ces affemblées , d'où
ayant l'œil à tout, ils purent auffi
prêter leur fecours à toutes les
parties du corps politique , afin

S ij

qu'un chacun renfermé dans sa
sphere agît & travaillât pour ope-
rer le bien commun de ce corps,
à l'exemple du soleil, qui répand
ses influences sur toutes les plan-
tes, afin que par sa chaleur pro-
portionelle, il puisse faire fer-
menter les sels renfermés dans le
centre de la terre, & l'exciter aux
productions merveilleuses que
nous en voyons sortir : quel est
donc le travail d'un Prince, lui
dit Philotecte ? il est considéra-
ble, répondit Adraste, quand
un Roy veut régner par la vertu,
il doit avoir ses heures réglées ;
la premiere appartient à Dieu, &
c'est par là que tout homme, depuis le Roy jusqu'au dernier sujet,
doit commencer la journée ; il
est bien juste que tenant tout de
Dieu, & esperant tout de lui,
nous commencions par lui rendre notre hommage, lui mar-

quer notre reconnoiſſance de ſes
graces paſſées,& le prier de nous
les continuer à l'avenir, afin de
marcher dans ſes voyes,& acquerir l'eſprit de juſtice, de douceur
& de temperance, dont il nous a
donné un modele ſi parfait dans
ſon Fils. Le Prince doit aſſiſter
régulierement à ſes Conſeils, afin
d'être préſent aux déciſions qui
s'y rendent, il doit outre cela
communiquer en dehors avec les
Miniſtres qu'il ſe choiſit, & s'inſtruire non ſeulement des affaires
courantes de l'état, mais auſſi
chercher les moyens d'augmenter, ſi faire ſe peut, le bonheur
dont ſon peuple jouit ſous ſon
gouvernement ; il donne quelques heures à la lecture ou à quel-
qu'autre occupation auſſi utile ;
comme il fait la joye de ſa famille,
il s'y renferme ſouvent, & goûte
avec elle les plaiſirs purs & ſenſi-

bles que la nature fournit à tous
les hommes, il aime son épouse,
il en est aimé ; comme les deux
cœurs n'en font qu'un, leurs plaisirs sont aussi indivisibles, il a ses
momens pour le jeu , dont il
ne fait usage que pour l'amusement ; la chasse , les spectacles
& la promenade sont des plaisirs
innocens & propres à dissiper le
sombre qu'un travail continuel
jetteroit infailliblement dans
l'humeur ; voilà à quoi un Prince vertueux & sage doit s'occuper , il écarte par ce travail qu'il
s'impose , tout ce qui pourroit
l'éloigner de la vertu ; au contraire à quel dérangement n'est pas
exposé un Prince livré totalement à la paresse ? L'impureté, la
gourmandise & tous les autres
vices viennent de la paresse comme autant de torrens impetueux,
qui saisissans le cœur de l'homme,

le corrompt, de maniere que la
contagion s'en empare, & réfifte à
tous les remedes que l'on pourroit y apporter : l'Empire des Per-
fes paffa dans les mains d'Alexandre, autant, comme je l'ai déjà obfervé par la nonchalance
des Perfans, que par l'activité des
Grecs ; Darius cependant étoit
brave, il en donna des preuves à
la bataille d'Arbelles, ou il com-
batit en grand Général ; mais les
forces du corps énervées dans
l'oifiveté & les délices, ne fecon-
doient pas l'ame Royale qui étoit
en lui, l'armée qu'il conduifoit
n'étoit pas capable de le défendre
les Grecs accoutumés à la fatigue
& à vaincre, mettoient fans peine
en défordre cette multitude innombrable ramaffée à la hâte, &
énervée dans les délices d'une vie
molle & effeminée ; l'homme livré à la faineantife, vit fans con-

noître la vie, sa raison, au lieu de
le conduire à la connoissance des
choses qui sont de son essence,
devient au contraire son tiran,
quand par les principes qui lui
sont propres, elle se fait quelquefois sentir, & veut repousser ses
contraires. Tous les amusemens
où l'esprit prend part, ne sont
pas indignes d'un Prince, la lecture des bons livres l'instruit des
grandes actions qui y sont rap-
portées; il parcourt, sans sortir
de son cabinet, tout ce que l'antiquité nous a tracé de grand,
d'illustre & de vertueux; les uns
servent à nous persuader que notre Religion est aussi ancienne que
le monde, que Dieu seul a donné au peuple Juif les Loix politiques, cérémonielles & morales,
qu'il y a eu des Prophetes, qui ins-
pirés de Dieu, non seulement re-
prenoient les impies avec la sainte
hardiesse

hardieſſe que le Ciel ſeul peut
donner; mais auſſi développoient
aux nations tout ce qui devoit ar‑
river dans les tems les plus recu‑
lés; vous venez enſuite aux livres
modernes , dans leſquels vous
voyez avec ſatisfaction l'accom‑
pliſſement de tout ce que vous
avez remarqué dans les anciens ;
c'eſt par ce moyen qu'un honnê‑
te homme raiſonne, & ſe con‑
firme dans la croyance où il eſt
que la Religion Chrétienne eſt
ſeule vraye. La fable n'eſt pas à
mépriſer quand on a parcouru
tout ce qui tend à développer les
myſteres d'un Dieu dans la con‑
duite de ſon peuple & dans la ré‑
demption des nations ; la ſolidi‑
té d'une Religion , fondée ſur les
bonnes mœurs & ſur la raiſon,
l'apologue nous donne d'une ma‑
niere badine les traits les plus dé‑
liés de la morale , & nous fait re‑

T

marquer l'abfurdité de la reverie des Grecs, dans les religions qu'ils ont établis par politique & par corruption, le faux faute d'abord aux yeux; l'hiftoire prophane procure une grande utilité, prenez le bon d'un Cirus, d'un Alexandre, de Brutus, de Cefar, d'Augufte &c. Compilez les differens caracteres de ces grands hommes, retranchez en les deffauts, ne vous attachez qu'à leurs belles actions, vous y trouverez des modeles parfaits de vertus & de fcience dans le militaire, dans la politique & dans le gouvernement. Un Prince doit connoître les principales Loix de fes Etats, pour n'être pas expofé tous les jours à commetre ou laiffer commetre des injuftices qui devant Dieu rejailliffent toujours fur le Souverain; le jeu eft un délaffement naturel de l'efprit

& du corps , les fpectacles dépoüillés de l'inhumanité & des in-
décences de ceux des Princes
payens ne devroient être compo-
fés que des actions glorieufes de
nos plus grands heros. Prefentez
fur la fcene un Prince fage & une
Princeffe vertueufe;donnez-leur
l'un pour l'autre le penchant qui
forme la liaifon des deux fexes ,
que leurs fentimens foient foute-
nus par cette noble pudeur qui
caractérife fi bien une belle ame ,
reprefentez des récompenfes fra-
pantes pour la vertu & des puni-
tions éclatantes du vice,le Prince
qui y affifte eft pour lors plus fuf-
ceptible d'impreffion , parce que
les efprits dépoüillés de l'agitation continuelle & tumul-
tueufe des affaires , recücillent
avec plus d'agrément tout ce qui
les frappe, & ces modeles donnés
avec art,impriment toujours dans

une ame tendre, une envie naturelle de les imiter & servent à écarter le foible de la nature, quand cette ame devient susceptible de passions inséparables de son âge. La chasse est vrayement l'amusement d'un Prince qui par ce noble exercice se fortifie & accoutume son corps à une fatigue, qui le tient toujours dans une bonne disposition ; d'ailleurs les ruses qu'il faut y pratiquer donnent une image de celles qui sont attachées à l'art militaire, & cet amusement opére toujours un bien, tant du côté de l'esprit que de celui du corps. Si Romulus avoit été un Prince paresseux, il ne se seroit pas immortalisé par la fondation d'une Ville & l'établissement d'un peuple que nous voyons commander à la plus grande partie de l'univers.

Le lendemain n s voyageurs

parcoururent toute la Ville, Philotecte fut surpris de voir la quantité prodigieuse de pauvres & de
miserables qui en occupoient
toutes les rües ; ils arriverent
dans un endroit enchanté pour
la situation. C'étoit une vaste
prairie émaillée de milles fleurs
naturelles , coupée par plusieurs
petits ruisseaux d'une eau claire
& transparente. D'un côté c'étoit
des allées magnifiques & à perte
de vûë , de l'autre plusieurs petits bosquets arrangés dans un
compartiment regulier , qui en
total formoient une espece de la-
birinthe délicieux pour la promenade; le soleil dans son midi n'en
pouvoit percer l'aimable obscurité ni en alterer la fraicheur :
comme il n'étoit pas encore
l'heure de la promenade, ils s'af-
sierent dans un cabinet de verdure où Philotecte parla beaucoup

de la quantité de miferables qu'il
avoit rencontré, dans fon chemin : cela ne doit pas vous furprendre lui dit Ariftodeme. Le
peuple livré à la faineantife ne
peut éviter de tomber dans le
malheur & dans l'indigence. La
terre eft une bonne mere, elle
ouvre par tout fon fein fecond
pour recompenfer les travaux de
ceux qui la cultivent ; mais il faut
la cultiver : il faut travailler ; l'artifan qui néglige fon métier ne
peut fournir à fa dépenfe néceffaire, les jours fe fuccedent les
uns aux autres, une famille s'aug-
mente ; on néglige le principal
foin du domeftique. L'homme &
la femme livrés à la pareffe, ne fe
trouvent pas à portée de donner
à leurs enfans une éducation con-
venable à leur état, leur indolence paffe dans leurs veines, ils vieil-
liffent dans la mifere & les enfans

mâles livrés à la même corruption, deviennent souvent des
scelerats, & les filles, helas! la
proye d'une infâme prostitution.
Voilà des écueils que l'homme
laborieux évite; son travail fournit à sa famille une heureuse
abondance; les enfans, élevés dans
les principes de leur pere, s'ac-
coutument à la fatigue de leur
état dès leur tendre jeunesse; les
corps deviennent robustes, tout
prospere dans le Royaume & chez
le particulier, & le Prince trouve
en eux une ressource sûre & vi-
goureuse, quand il est obligé
d'armer pour défendre sa Cou-
ronne.

On entendit alors un bruit
confus qui les obligea de se lever,
c'étoit l'heure de la promenade;
toute la Ville se rendit en cet endroit, qui étoit consacré pour la
promenade publique; nos cu-

rieux fe promenerent de tous
côtez , la quantilé d'hommes &
de femmes qu'ils y rencontrerent, tous habillez fuperbement
donnoit aux yeux un fpectacle
agréable, la varieté des couleurs,
des concerts d'un côté, des colations manifiquesfervies de l'autre,
formoient une diverfité qui jettoit Philotecte dans l'étonnement : aussi ce jeune Prince ne
pût s'empêcher d'en témoigner
fa furprife ; ceci eft bien different
de ce que nous avons vû, dit-il, à
Adrafte , nous avons trouvé la
Ville remplie de miferables, c'eft
ici un monde nouveau. Quelle
magnificence! quel luxe! la manie
de cette nation eft finguliere, lui
dit un des Ambaffadeurs de Mifis;
ce peuple fubit le fort inévitable
à ceux qui livrés à la pareffe & à
la faineantife, portent tous leurs
vœux à ces deux Idoles; l'homme

de condition n'eſt pas ici extre-
mement gêné, il n'a pas de cour à
faire chez le Roy; ce Prince ne ſe
fait voir que bien tard, livré tout
entier à l'indolence, il ne paroît
jamais dans les conſeils & ne
s'occuppe point dans le particulier; les hommes, ailleurs, ſont
las de travailler, quand tout le
monde eſt encore ici enſeveli
dansle ſommeil, ſous prétexte que
le climat eſt extrémement chaud,
lorſque le ſoleil approche de ſon
midi; nouveau repos ou pour
mieux dire c'eſt une ſeconde nuit,
& toute la fatigue qu'ils prennent, conſiſte à venir le ſoir ſe
camper dans cette prairie, où ils
reſtent juſques bien avant dans la
nuit; le riche bourgeois donne
auſſi dans ce délire, le mediocre
n'eſt pas plus actif, & le bas peuple ne ſe remue que quand un
beſoin preſſant l'oblige à aller

chercher les alimens néceſſaires
à la vie, qu'il aime mieux mandier
que de l'acquerir par le travail.
Dans quels déſordres une telle
conduite ne jette elle pas l'homme , répondit Adraſte ? eſt-ce-là
remplir les deſſeins du Créateur
ſur la Créature? Que vient chercher ici ce peuple innombrable?
tout les vices auſquels le cœur de
l'homme peut être ſujet, l'impureté, la gourmandiſe, la médiſance, la
calomnie , &c. brillent ici dans
toute leur étenduë , ces gens,
dont le caractere mol & effeminé
tand tout entier à la volupté, n'en
ſont nullement diſtraits ni par
l'application aux affaires ni par
l'attention au travail , ni par aucun ſoin qui puiſſent leurs faire
ſeulement connoître qu'ils ſont
hommes. S'il regne quelque paſſion extraordinaire dans le cœur,
elle vient ici triompher de la con-

trainte où elle eſt reduite en Ville; les hommes ſont jaloux de
leurs femmes, on ne ſçauroit les
aborder ſans crime, & ici la pudeur ſecouë le joug qui lui eſt
impoſé par la ſeverité de l'uſage.
Cet endroit eſt privilegié pour le
crime, & l'honnêteté en a été
bannie, comme une victime qui
étoit dûë à la ſatisfaction des ſens.
L'homme, dans l'oiſiveté, laiſſe
agir le corps, la raiſon ſeule capable de mettre un frein aux déſirs
trop impetueux de la nature, n'eſt
point écoutée; au lieu de regarder cet attribut comme le guide
le plus ſûr pour ſe conduire en
ce monde, on ne l'enviſage que
comme un tiran, qui répand une
amertume affreuſe ſur le plus
riant de nos jours, alors on s'a-
bandonne totalement aux effets
de la dépravation, la femme de
ſon côté naturellement foible,

est renfermée en elle-même pendant le jour ; appliquée toute entiere à servir le corps, elle néglige toutes les cultures de l'esprit,
la contrainte où elle se trouve, la
privation de toute societé, lui
font imaginer des plaisirs infinis
dans sa joüissance ; plus le joug
est dur, plus elle a envie de le
secoüer; la journée est employée
à relever les charmes dont la
nature l'a pourvuë, & la nuit ces
mêmes charmes forment le triste
assemblage du sacrifice que l'on
en fait à la prostitution; l'humeur
inquiete du mari vient de sa fai-
neantise, l'humeur déreglée de la
femme part du même principe,
qui lui est d'abord naturel, & qui
est augmenté par la bisarerie de
l'époux; mais l'homme appliqué
à ses affaires, & la femme occupée de son domestique sont dis-
sipés par l'attention continuelle

qu'ils font obligés d'y donner; l'efprit malin trouve peu de momens
vuides pour leur infpirer le défir
du crime : leurs momens de diffipation ne font employés qu'à fe
donner des marques de leurs
affections mutuelles, nul foupçon
injurieux ne vient troubler leur
répos, & une vertu liante fait naître entr'eux une confiance tendre & pleine d'eftime l'un pour
l'autre. La promenade eft utile,
c'eft un exercice, qui, en confer-
vant la fanté, fert auffi à cultiver
l'ame, lorfqu'elle fe fait dans les
principes de la raifon & en compagnie d'honnêtes gens ; mais
trop fouvent, helas! elle devient
l'écueil de la vertu, fur tout pour
un fexe fragile & trop livré à l'a-
mour propre, qui ne donne, pour
tout fruit du dérangement, qu'un
trifte répentir , des pleurs & des
inquietudes, quand l'âge fait voir

que l'on a compté fur rien, lorfque l'on a établi le bonheur de fa
vie, fur des appas fragiles & paffa-
gers, ou quand le crime, que l'on
croyoit caché fe développe aux
yeux du public, & que la crimi-
nelle en devient la fable & la
rifée. La réputation à cela de propre qu'il faut un fiécle pour la
former, & qu'un moment la dé-
truit. Le Prince livré à la faineantife, jette les mêmes principes
dans le cœur de fes Sujets ; le
Prince laborieux, au contraire eft
appliqué au foin de faire fleurir
les Arts & le Commerce dans fes
Etats, il prefente tous les jours à
fon peuple les occafions de s'occuper. Les hommes fe font au
travail dès leur plus tendre jeu-
neffe & les plaifirs, que l'aifance,
provenuë de leur travail leur
procure, n'en font pas moins fenfibles. Nos voyageurs fe retirerent

de cet endroit. Quoique ce spectacle eût frappé Philotecte ; le
jeunePrincecommençoit àdifcer-
ner le vrai d'avec le faux;le caractere du pareffeux n'étoit pas de
fon goût, il auroit affez applaudi
aux plaifirs que cette promenade
procuroit à l'un & l'autre fexe;
mais leur principe le revoltoit,
Adrafte de fon côté content de
l'avoir dévelopé aux yeux de fon
éleve, l'en vouloit écarter & lui
ôter la connoiffance du délire qui
arrivoit à la fin de la promenade,
les concerts que l'on y formoit
de tout côtez & les colations qui
y étoient prodiguées ne fervoient
qu'à achever d'ennyvrer l'ame,
& les femmes dans ces momens
finiffent la comédie par des fcen-
nes trop intereffantes, pour un
jeune cœur affez porté de lui-même au défordre. Le lendemain
Adrafte fit partir un courier pour

Conftantinople à fin de donner
avis à l'Empereur de l'arrivée de
Philotecte , & ils continuerent
leur route à petites journées.

Adrafte commençoit à s'applaudir des progrés que Philotecte faifoit dans la fageffe ; la fatisfaction de l'honnête homme
eft extrème , lorfqu'il voit fruc-
tifier abondamment les femences
de vertu qu'il a jettées dans un
jeune cœur ; les motifs de religion qui fervoient de bale à tous
ceux qui animoient d'ailleurs notre Philofophe , faifoient une fi
forte impreffion fur fon ame, qu'il
leur attribuoit tout le fruit qu'il
en tiroit : la gloire de Dieu & la
grandeur de fon maître étoient
les deux principes fondamentaux
de fon travail.

Philotecte fe trouvoit dans une
fituation differente : fon cœur é-
toit agité par de mouvemens extraordinaires

traordinaires, il fentoit d'un côté quelque chofe de fi puiffant qui l'attiroit vers la vertu, qu'il ne pouvoit refifter à la violence qui l'entraînoit ; d'un autre côté, les fens ne demeuroient pas oififs, ils lui retraçoient fans ceffe les attraits féduifans de la volupté, & la nature lui préfentoit tant de douceur dans la joüiffance des plaifirs, qu'il ne fçavoit à quoi fe determiner : dans cet état tumultueux, le choix étoit difficile ; la grace qui ne manque jamais à un cœur droit & jufte, devoit feule triompher de ces divifions intérieures que le levain de la prémiere éducation éxcitoit encore dans le cœur du jeune Prince.

Ariftodeme confommé dans l'étude de la Philofophie, ramaffoit en lui-même tout ce que cette fcience avoit pû lui faire déveloper de fecret dans la nature,

V.

pour refléchir murement fur fon état paffé, fur le préfent & fur le futur : fa raifon nourrie dans la morale, lui faifoit fentir l'abfurdité du culte qu'il avoit jufques-là rendu à fes Idoles, & il tiroit de fes principes cette conféquence jufte, qu'il ne pouvoit y avoir qu'un Dieu, que ce Dieu devoit être parfait & au-deffus de toutes les foibleffes de l'homme, que fon pouvoir devoit être illimité, il foupiroit aprés cet Eftre fuprême, il defiroit d'en connoître plus particulierement les attributs.

Adrafte le fortifioit tous les jours dans ces faints défirs & fouhaitoit d'arriver à Conftantinople afin de mettre la derniere main à l'œuvre de fa converfion.

Les Ambaffadeurs de Mifis recueilloient, avec foin tout ce qui émanoit de ces trois illuftres perfonnes, pour fe guider dans les demarches qu'ils devoient faire à la Cour de Conftantin, afin de remplir dignement les intentions de leur maître.

Telles étoient les difpofitions de nos Voyageurs lorfqu'ils arriverent fur les frontieres de l'Empire Romain, où ils trouverent l'équipage de Philotecte, & un Courier de Conftantin qui aportoit l'ordre à Adrafte, de retenir le jeune Prince à Nicomedie, jufqu'à l'arrivée de ceux, qu'il devoit envoyer au-devant de lui, pour le conduire à Conftantinople avec la pompe qu'éxigeoit fon rang ; ce Courier étoit accompagné d'un neveu d'Adrafte, qui étoit chargé de la part de l'Empereur de complimenter Philotecte fur fon arrivée dans fes Etats, & de lui faire rendre dans les endroits de la domination Romaine,

par où il devoit paffer, tous les
honneurs que l'on auroit rendu
aux fils de Conftantin même, qui
venoient d'être déclarés Cæfars.

Philotecte fut enchanté à la
vûë des Provinces par où il paffa,
les campagnes étoient chargées
d'une moiffon abondante & d'une
quantité prodigieufe de toutes
fortes de fruits. Les valons étoient
remplis de beftiaux, & la fécuri-
té genérale annonçoit l'abondance & la tranquilité qui regnoient
dans toute l'étenduë de l'Empire.
Les villes étoient animées par un
concours d'habitans actifs & laborieux, les Manufactures, les
Arts & les Sciences étoient cul-
tivés avec foin, tout le monde vi-
voit dans l'opulence. On voyoit
par tout élever des Temples fuperbes au vrai Dieu, tout fe faifoit
aux dépens du Souverain. Qu'un
peuple eft heureux, s'écria Arif-

todeme! de vivre fous l'empire
d'un Prince fi religieux, que la
vertu produit de richeffes! &
quelles bénédictions la fageffe
d'un Prince n'attire-t'elle pas fur
des fujets juftes imitateurs de fa
pieté & fideles exécuteurs de fes
ordres, émanés de la pure équité.
Ils arriverent enfin à quatre lieuës
de Nicomedie, où Philotecte ayant
apperçu une maifon magnifique,
bâtie au fommet d'une petite
montagne, demanda à Adrafte à
qui elle apartenoit: cette maifon,
repondit Adrafte, apartient à un
homme qui a tenu un rang confiderable auprès d'Ariftobule parent de Diocletien; il fe nomme
Philippe, fon hiftoire eft finguliere : cet homme eft vertueux, il
a poffedé autrefois la faveur d'A-
riftobule; mais il étoit trop fincere pour qu'elle durât long-
tems, & le Prince s'étant laiffé

prévenir contre lui, par des flatteurs vendus à un fordide interêt, il est tombé dans l'infortune, inévitable aux honnêtes gens,
qui font assez malheureux pour
s'attacher à un Prince qui, par
indolence ou par paresse, ne se
donne pas la peine d'examiner
lui-même, les rapports qu'on lui
fait contre ceux qu'il honnore
de son amitié : mais, dit Aristodeme, Aristobule passoit pour un
Prince vertueux, habile & généreux ; la plûpart des Princes, repartit Adraste, ne font pas éxa-
minés assez scrupuleusement,
pour que l'on puisse décider absolument fur leur caractere . A-
ristobule passoit pour un Prince
vertueux & sage, cela est vrai ; si
nous bornons la vertu & la sagesse à un culte réligieux envers
Dieu & à une Cour assidue envers son Prince : ceci est à la ve-

rité, la bafe & le fondement de
l'homme réligieux ; mais la vertu
a d'autres attributs qui, pour
n'être pas fi frappans, n'en font
pas moins effentiels ; une grande
connoiffance de foi-même, & un
jufte difcernement de ceux qui
nous approchent de près, ne font
pas des chofes indignes des attentions d'un Prince : éloigner de foi
les flatteurs, comme une pefte
qui jette la contagion par tout ;
donner à l'homme de mérite la
fatisfaction de voir que fon fervice eft agréable, éxaminer avec
attention les difcours que l'on
peut tenir fur fon compte, s'informer de fa conduite & de fes
mœurs d'une maniere à ne pas
faire rougir l'honnête homme
d'un foubçon injurieux & pref-
que toujours mal-fondé : voilà
l'attention loüable d'un Prince
vertueux & habile ; mais un Prin-

ce nonchalant & p reſſeux ne
veut pas ſe donner la peine d'examiner les choſes, un faux rapport
le ſa ſit, & il a peine à chaſſer la
premiere impreſſion, qu'a fait ſur
ſon cœur, un diſcours lâché a-
droitement par un homme fin &
ruſé ; l'homme vicieux eſt jaloux
de tout ce qui eſt vertueux, &
l'homme vertueux ne ſçait pas
plier ſous le vice : la netteté de ſa
conſcience le met au-deſſus des
craintes ſerviles du vicieux, la pureté de ſes intentions le fait aller
en avant, & l'empêche d'appercevoir à ſes côtés le précipice où
il eſt ſouvent prêt de tomber. Tel
étoit Ariſtobule continua le Romain, ſa réputation, établie ſur
le préjugé des hommes, lui paroiſſoit inaltérable, pareſſeux
dans le fond, & plein de confiance pour des gens qui avoient ſçû,
par un eſprit hipocrite, ſe mode-
ler

ler fur fon goût, l'honnête homme ne reſtoit pas long-tems auprès de lui ; les maximes d'honneur attaquoient celles des flatteurs qui l'environnoient, & lui-
même perſuadé, qu'il ne pouvoit
errer, n'écoutoit pas la moindre
juſtification. C'eſt ici un point dé-
licat pour un Prince, la Loi naturelle veut qu'un accuſé ait la liberté de ſe défendre, il faut pour
cela examiner l'accuſation, en
peſer au poids du ſanctuaire toutes les circonſtances, les communiquer à l'accuſé, pour pouvoir
y répondre ; mais condamner ſon
homme ſans l'entendre, lui fer-
mer toutes les portes de la juſtification, ce n'eſt plus agir en hôm-
me, je ne reconnois plus le Prince ; tout eſt défiguré, l'éclat des
vertus qu'il pourroit avoir d'ailleurs, ſe trouve entierement ob-
ſcurci par ce défaut. Ariſtobule a

X

vécu dans cette haute réputation
que nos Poëtes ont chanté ; mais
sa mort a levé le masque, elle a
ôté le voile qui cachoit ses défauts essentiels, & ceux même
qui faisoient fumer l'encens devant lui, sont aujourd'hui les premiers à developper au Public le
faux de sa grandeur, & à nous faire
voir en perspective la lâcheté a-
vec laquelle il abandonnoit à ses
adulateurs ses meilleurs amis, ou
du moins ceux qui méritoient de
l'être : Philippe a vécu dans sa retraite comme il avoit fait à la Cour ;
il a plaint le sort du Prince & sa
bonne foi livrée au caprice des
méchans ; on ne lui a pas entendu
prononcer un mot qui dénotât
la moindre impatience de son
sort ; content de sa vertu, il a regardé avec une indifference stoï-
que l'élevation de ses ennemis,
persuadé que tôt ou tard la verité

feroit reconnuë, & que la vertu
triompheroit à fon tour du vice
qui l'avoit terraffé.

Adrafte connoiffoit particulierement Philippe ; cet honnête
homme paffioné pour tout ce qui
étoit vertueux, avoit pris la route de Nicomedie, à deffein de voir
en paffant notre illuftre exilé : il
aimoit trop fon maître, pour le
priver d'un fujet tel que Philippe,
il vouloit le préparer à retourner
à Conftantinople occuper le rang
que fa naiffance & fes vertus lui
donnoient ; ils entrerent dans
ce Chateau : quelle joye pour
Philippe de voir Adrafte qu'il
connoiffoit pour l'homme le plus
fage & le plus vertueux de fon
fiècle ! Adrafte ne reffentit pas un
moindre raviffement en embraffant Philippe. Quand deux perfonnes vertueufes fe retrouvent
après avoir été un certain tems

X ij

féparées l'une de l'autre ; la joye qu'ils reffentent à leur premiere entrevûë, n'eft mêlée d'aucun trait de politique & de bienféance, elle part du cœur, & leurs ames unies par les liens de l'honneur, goûtent ces raviffemens tendres & affectueux que la pureté de confcience feule peut donner. Adrafte préfenta Philippe à Philotecte, & ce jeune Prince, à l'imitation de fon Mentor, donna au Romain les marques de la plus forte eftime ; cette compagnie étoit trop bien compofée, pour qu'elle pût s'ennuyer pendant le féjour qu'elle fit dans cette belle demeure. On y parla beaucoup des vertus de Conftantin, on parla de la mort d'Ariftobule ; & Philippe, malgré les outrages qu'il en avoit reçû, ne put s'empêcher de donner quelques larmes à la mémoire de ce Prin-

ce : c'eſt le caractere de grandes
ames ; un honnête homme a beau
être perſécuté par un Prince dont
il a été conſideré , la haine ni les
imprécations n'agitent jamais ſon
cœur ; l'amitié qui y a fait ſa premiere impreſſion, eſt ineffaçable;
& plaignant la foibleſſe de l'homme, plûtôt que de mépriſer le
caractere du Prince , l'image du
bienfaiteur l'emporte toujours
ſur l'idée du perſécuteur.

Philippe accompagna nos
Voyageurs juſqu'à Nicomedie ,
où l'on fit à Philotecte une réception digne du goût Romain ,
& de la magnificence de l'Empire : le Prince trouva là une partie de la Cour de Conſtantin , &
il commença à y être traité aux
dépens de l'Empereur ; ils en partirent au bout de huit jours , &
arriverent enfin à Conſtantinople. L'on ne peut rien ajouter au

faste de l'entrée solemnelle qui y fut faite à Philotecte ; plus de vingt mille ames étoient sorties à sa rencontre ; les ruës étoient tendues des plus belles tapisseries du monde ; toutes les fenêtres étoient occupées par une quantité prodigieuse de personnes des deux sexes, qui jettoient des fleurs à pleines mains sur le passage du Prince, qui eut toute la peine imaginable à percer la foule pour arriver au Palais, où il fut reçû par Constantin lui-même accompagné des trois jeunes Cesars, & de toute la Cour, qui étoit ce jour-là, & par ordre de l'Empereur, d'une magnificence achevée. Constantin mena d'abord Philotecte dans son cabinet, où ils resterent enfermés deux heures ; là ce grand Monarque donna au jeune Prince toutes les marques possibles de la plus ten-

dre affection, & il témoigna à
Adrafte fa fatisfaction de fon
voyage & de fa conduite. Conftantin, dont la figure caracteri-
foit le Souverain, poffedoit en
outre cette éloquence infinuan-
te, qui, en frapant le cœur, lui
imprime fi vivement fes traits,
qu'elle gagne en un moment les
affections. Auffi Philotecte fortit
de ce cabinet pour fe rendre à
fon appartement, pénetré d'une
tendreffe refpectueufe pour l'Em-
percur, qui ne pouvoit être égale
qu'à celle qu'il fentoit pour le
Roi fon Pere; il auroit défiré
de voir ce jour-là la Princeffe
Conftantine; mais la bienféance
ne le permettoit pas : cette Princeffe avoit vû paffer Philotecte
d'une maifon, où elle s'étoit rendue incognito, avec fes femmes,
& avoit fentie dans fon cœur un
mouvement qu'elle ne connoif-

foit point d'abord ; élevée dans
les principes de la vertu , elle ne
pouvoit définir les agitations qui
se passoit dans cette partie intime
de l'ame , Philotecte avoit dans
sa personne un air de grandeur
qui attiroit tous les cœurs , Conftantine qui ne sçavoit nullement
les motifs de son voyage , regardoit , par le pur effet du mérite ,
ce jeune Prince seul digne de ses
affections ; & Philotecte sans l'a-
voir vû , avoit un pressentiment
que Constantine seule pouvoit lui
procurer cette douce félicité ,
que goûtent deux cœurs unis par
l'amour & la tendresse , & animés
par la réligion & l'honneur. C'est
ici où l'on peut reconnoître les
effets admirables de la simpathie :
cette inclination mutuelle se fait
sentir d'abord par des impulsions
naturelles , & dont on ne connoît
pas la source ; l'objet qui nous

occupe nous eſt inconnu, & nous
frappe par differens endroits ; la
préſence d'un objet qui nous
plaît, nous fait naître des déſirs,
& imaginer des plaiſirs dans ſa poſſeſſion, la réputation de celui que
nous n'avons pas vû fait le même
effet ; on nous parle des qualités
extraordinaires d'une perſonne,
nous nous en ſentons frappés ; un
certain je ne ſçai quoi nous fait
déſirer de connoître ce premier
objet de notre admiration, notre
cœur ſe prévient, nous nous for-
mons une idée particuliere de ſon
mérite, un cœur bien né s'attache aiſément à ce qui paroît ſim-
pathiſer avec ſon caractere ; ce
cœur n'eſt point occupé, il lui faut
une affection, le tribut eſt néceſſaire, l'objet ſe préſente, les qualités de l'ame, dont on nous a fait
la peinture, ont ſaiſi les eſprits,
la figure acheve la victoire, le

triomphe s'enfuit, l'union se forme, on n'y réfiste pas ; & s'il arrive quelque fuite chagrinante ,
on en appelle devant la violence
infurmontable de la fimpathie :
voilà les difpofitions où étoient
Constantine & Philotecte.

Le jeune Prince fut logé ma-
gnifiquement, Adrafte eut ordre
de ne pas le quitter, de loger dans
fon appartement, & de continuer
de faire auprès de lui les fonctions qu'il avoit exercées jufques-
là : le Prince mangea le foir en public, & eut une Cour nombreufe à
fon fouper. Il fe retira cependant
de bonne heure pour prendre un
peu de repos : ah mon cher A-
drafte, dit Philotecte , quand il fe
trouva feul , avec cet illuftre confident , que d'agrément ne goûte-
t'on pas à la Cour de Conftantin !
Et fi ce Prince paroiffoit avec
tout fon mérite aux yeux des Ido-

lâtres, ne feroit-il pas régardé
comme une Divinité fur terre ?
Quelle vertu & quels fentimens
ne trouve-t'on pas ici ? Voilà, répondit Adrafte, le propre de la
fageffe ; mais de cette fageffe
chrétienne qui modelée fur les
principes de la Divinité, lui rap-
porte toutes fes actions ; vous
voyez, mon cher Prince, cette
foule de Courtifans qui environ-
nent Conftantin, ils ne font point
attirés chez lui, ni par les attraits
de la volupté, ni par ceux de l'interêt ; c'eft la vertu feule du Prince qui les anime ; l'Empereur au
milieu de fa Cour, n'eft qu'un
pere tendre au milieu de fa famille, le Souverain n'eft pas ici remarqué par l'éclat de fon Diadême, ni par l'oftentation de fa
puiffance ; les yeux du Courtifan
tournés inceffament vers lui, ne
demandent que l'approbation

sincere du maître sur ses mœurs
& sur sa conduite ; l'ambition ne
le guide point dans les respects
qu'il lui rend, c'est la seule reconnoissance de ses bontés qui
l'attire chez lui, le bonheur public fait celui des Grands de l'état;
& ceux-ci persuadés que cette félicité ne vient que de l'équité du
Souverain, lui rendent hommage des biens qu'il leur procure.
Constantin a embrassé la religion
de Jesus-Christ, on a abbattu les
Temples des Idoles, il a fallu en
bâtir des nouveaux au vrai Dieu ;
cette révolution est arrivée dans
le tems que l'Etat étoit déchiré
par plusieurs concurrens à l'Empire ; il falloit des dépenses extraordinaires pour subvenir aux
frais de la guerre, les Finances
n'avoient point d'arrangement
solide ; cependant le Prince a
fourni à tout, le peuple n'a pas

été furchargé; & pendant que les Troupes font dans l'abondance, les ouvrages immenfes que l'on fait, font payés exactement des deniers de l'Empereur, c'eft le fruit de fon œconomie judicieu-fe; toutes les depenfes frivoles étant bannies de chez lui, il trouve, avec la concurrence gra-tuite des Sujets, de quoi faire fa-ce aux dépenfes immenfes auf-quelles ces deux motifs l'expo-fent. Adrafte laiffa Philotecte en cet endroit, & le lendemain ma-tin il entra dans fa chambre, fi-tôt qu'il fçut qu'il étoit éveillé. Morphée n'a pas eu befoin de ré-pandre ici fes pavots pour vous exciter au fommeil, dit agréable-ment Adrafte au jeune Prince; & la fatigue du voyage aura fans doute fuppléé au défaut de cette Divinité Payenne. Je n'ai pas eu befoin d'un fecours étranger, dit

Philotecte, pour goûter un pai-
sible repos ; la satisfaction intérieure que je ressens de me trouver dans ce Palais, a été un attrait assez puissant, pour calmer
les agitations que le voyage a pû
produire sur mes esprits ; & s'il
leur reste de l'émotion, elle n'est
produite que par l'étonnement
ou je suis des qualités merveilleuses de l'Empereur, & par le désir
impatient que j'ai de rendre mes
hommages aux vertus de la Princesse Constantine. Votre impatience n'est pas mal fondée, dit A-
draste ; mais avant de la voir,
nous allons prendre Constantin
à son appartement pour l'accompagner au Templedu Seigneur,
c'est par cet exercice que l'Empereur commence la journée, &
il n'entame aucune affaire, qu'il
n'ait rendu ses hommages au
Créateur, pour lui demander la

grace de regner avec la justice, qui seule caracterise le Prince Chrétien. Constantin reçut Philotecte avec la même cordialité que la veille, toute la Cour s'empressa de nouveau à suivre les mouvemens du maître en rendant au Prince tous les respects imaginables; on se rendit à la Chapelle, Philotecte fut placé dans un endroit d'où il pouvoit voir la cérémonie : comme il n'avoit pas encore abjuré les erreurs, dans lesquelles il avoit été élevé, il ne pouvoit pas être admis dans l'intérieur de l'Eglise ; il sentit cependant une émotion qu'il n'avoit jamais éprouvée, ce Prince, vertueux dans le fond, étoit au surplus instruit que, quoique Dieu soit essentiellement par tout, c'étoit néanmoins ici le Sanctuaire, où il recevoit les oblations qui lui étoient offertes en esprit &

en vérité par les vrais Fideles; l'Evêque de Constantinople officioit ce jour-là ; l'idée de la présence réelle du Maître du monde, le faste religieux des Ministres du Seigneur, la pompe du Clergé, l'harmonie des instrumens qui accompagnoient le chant de l'Eglise, tout cela imprima dans le cœur de Philotecte une componction de cœur si puissante , qu'il resta comme en extase tant que le Service Divin dura.

Constantin conduisit ensuite Philotecte chez Constantine ; cette Princesse avertie de l'arrivée de l'Empereur, attendoit les Princes dans un cabinet superbe, où elle étoit avec toutes les femmes de la Cour ; si le jeune Prince avoit été frappé de la beauté des femmes qu'il avoit vûes à la Cour de Clitipe , il le fut bien plus extraordinairement ici. Constantine

stantine étoit agée de seize ans; je
ne vous en ferai pas la peinture,
il suffit que la nature avoit épuisé
ses faveurs en la formant; son é-
clat naturel étoit relevé par une
quantité prodigieuse de pierreries, l'éducation avoit achevé le
miracle; en un mot, il étoit im-
possible de la voir sans l'aimer.
Philotecte s'étant approché d'elle en tremblant : ne vous éton-
nez pas, belle Princesse, lui dit-
il, en se jettant à ses genoux, si
je demeure interdit en appro-
chant de votre auguste personne; tout ce qui paroît en vous,
est tellement au-dessus d'une
mortelle, que je crains de prophaner l'image de la Divinité,
que vous représentez si bien, en
vous adressant mes vœux; souffrez cependant, Madame, que je
vienne du fonds de l'Orient rendre un hommage sincere à vos
Y.

vertus. La Princeſſe rougit, & ne put repondre que deux mots : l'Empereur ſe mêla dans la converſation, pour épargner à deux jeunes cœurs le déſagrement de la contrainte : enfin, le Prince ſortit pénétré d'une eſtime ſinguliere pour la Princeſſe, & Conſtantine quitta avec regret un Prince qui venoit d'achever la conquête, dont la réputation & la premiere vûë avoient ſi bien tracé le chemin.

Ariſtodeme fut préſenté le même jour à l'Empereur, qui le reçut avec une affection ſinguliere auſſi-bien que les Ambaſſadeurs de Miſis, qui eurent une audience particuliere. Le Monarque s'informa beaucoup de Miſis, la nouvelle de la guerre qu'il avoit eu, étoit parvenuë juſqu'à lui, & il apprit celle de la paix avec une ſatisfaction particuliere ; c'eſt un

malheur pour nous, leur dit ce
grand Prince, quand nous fommes obligés de porter le fer & le
feu chez nos voifins; & telle conquête que nous puiffions faire, elle ne peut nous dédommager de
la perte que nous faifons fouvent
de nos meilleurs fujets, ni du
trouble & de la défolation que ce
fléau entraîne après foi. Il eft plus
glorieux de fe relâcher de fes prétentions, que de les obtenir par
le malheur & la ruine du genre
humain. Dieu par fa toute-puif-
fance & fa bonté, m'a appellé au
gouvernement de cet Empire; il
connoît le fecret de nos cœurs,
& il fçait que je gémis continuellement de la funefte néceffité où
je me trouve de refter armé; mais
cet Etat étoit dechiré par les Tyrans qui cherchoient à s'en emparer; la cruauté qu'ils éxerçoient
envers les Chrétiens, plus fou-

mis dans la perſécution que les
meilleurs Citoïens de l'Empire,
avoit comblé la meſure de l'iniquité ; le tems étoit venu, où la
Croix devoit triompher de nouveau de la puiſſance du demon :
heureux d'avoir été le vaſe choiſi dans la preſcience éternelle,
pour exécuter les décrets de la
providence ; je ſuis prêt de mettre les armes bas, ſi-tôt que les
Tyrans de l'Egliſe ſeront entierement anéantis. Dieu, qui conduit toutes choſes, a ramaſſé dans
ce tems tout ce qui devoit concourir à l'exaltation de la Foi & à
l'anéantiſſement de l'Idolâtrie,
les deux Miniſtres dont il m'a
pourvû, entrent d'eux-mêmes
dans toutes mes vûës, animés du
même zéle ; la propagation de la
foi & le bien public, ſont les deux
motifs qui les font agir ; le premier, l'une des plus fermes co-

lonnes de l'Eglise; le fecond, dons
la vertu m'eſt connuë par un
exercice religieux & continuel
dans le barreau, ſont aujourd'hui
la baſe & le ſoutien de mon Empire; deſintéreſſés, affables, pru-
dens, tendres & compatiſſans au
malheur public, leur étude ne
tend qu'à faire le bien, entrant a-
vec feu dans mes projets juſtes &
équitables, me diſant naturellement leur ſentiment ſur ceux qui
pourroient être un peu haſardés,
joloux de mon autorité, attachés
vivement à la vraie religion, fermes & inébranlables dans ſa défenſe: voilà le vrai caractere de
ceux ſur qui je me repoſe des
ſoins les plus importans du Gouvernement; un Prince eſt heureux qnand il peut connoître
des Sujets de cette trempe; non-
ſeulement il eſt extraordinairement ſoulagé du poids de ſa Cou-

ronne, mais il a en outre la fatif-
faction de voir regner dans fes E-
tats la religion, le commerce &
l'abondance. Ce difcours pro-
noncé avec cette heureufe éloquence qui fe fait entendre avec
plaifir, charma nos étrangers, & ils
avoüerent que dans cette ville
feule fe trouvoit la véritable vertu & le vrai bonheur temporel.
L'Empereur parla enfuite de la
profeffion publique de la religion
que devoient faire Philotecte &
Ariftodeme ; fongez, mon cher
fils, dit-il au Prince, qu'un Roi
n'eft jamais heureux, s'il n'a pas
la protection du Ciel ; je ne fça-
vois à quel Dieu je devois offrir
mes vœux avant de combattre
Maxence, j'étois perfuadé qu'il y
avoit un Etre qui décidoit du
fort des batailles, comme de tous
les autres évenemens de la vie ;
une infpiration divine me fit con-

noître quel étoit l'Etre auquel je
devois m'adreffer ; la Croix a été
plus puiffante que toutes les forces
de mon rival ; elle m'a fait triompher par tout ; mais fuivons feulement les impulfions de la raifon,
& tirons de fes principes cet argument ; fi, comme nous ne devons pas en douter, il y a un Etre
fuprême qui dirige & gouverne
tout ce vafte univers, & de qui
nous dépendons abfolument, il
faut qu'il nous ait donné des loix
par lefquelles nous devons nous
conduire ; nous devons donc exécuter ces loix, fi nous voulons lui
plaire ; comme il influe abfolument fur nous, nous devons lui
demander les graces néceffaires
pour acquerir le cœur droit &
jufte qui fait marcher avec fûreté
dans fes voïes, ce cœur doit être
un holocaufte continuel, dont
nous devons lui faire l'oblation ;

ſes loix doivent ſervir de modele à celles que nous impoſons pour le gouvernement de nos Etats, & par notre aſſerviſſement à celles du Créateur ; inſpirons au peuple l'envie d'exécuter les nôtres, & regnons ſur eux par amour, plûtôt que par la crainte des ſupplices ordonnés pour l'infraction des loix. Ce Prince étoit animé d'un ſaint zéle en proférant ces mots, l'Eſprit de Dieu qui agiſſoit en lui, donnoit un feu nouveau à ſon diſcours, & nos illuſtres Etrangers reſpectoient juſqu'au moindre de ſes regards.

On faiſoit des préparatifs magnifiques pour célébrer l'arrivée de Philotecte, on ſe préparoit à lui donner des fêtes convenables à ſon âge ; car malgré l'eſprit de religion qui animoit la Cour de Conſtantin, les plaiſirs n'en étoient point bannis ; ce Prince au contraire

contraire paſſoit en fêtes & en promenades ſes momens de délaſ-ſement ; & en rempliſſant les dé-voirs du chrétien, il n'oublioit pas pour cela, la pompe du Mo-narque, il ſe prêtoit à tout ce qui pouvoit amuſer, ſans faire tort à la pudeur & à la bienſéance ; mais le Baptême du Prince & d'Ariſto-deme devoit ſervir de prélude à tout.

L'Empereur envoya à Miſis des perſonnages d'un caractere pro-pre à ſon inſtruction & à celle de ſes Sujets. Il fit partir en même-tems un Courier pour Theodat, tant pour lui annoncer l'arrivée de ſon fils à Conſtantinople, que pour le préparer à faire avec la ſolemnité requiſe, la de-mande de la Princeſſe Conſ-tantine. Enfin le jour de joye pour l'Egliſe arriva ; & jamais fê-te n'a été célébrée plus ſolemnel-

Z

lement, que celle de la profession de Foi de nos deux illustres Néophites.

Le jour destiné pour cette cérémonie, la ville fut ornée de plusieurs arcs de triomphes & d'autres décorations magnifiques ; il s'en trouvoit entr'autres un d'une beauté singuliere, qui conduisoit du Palais à l'Eglise des saints Apôtres, où toutes les victoires de Constantin étoient représentées au naturel ; il y avoit au frontispice une croix lumineuse avec l'inscription, *in hoc signo vinces*, emblême de ce signe miraculeux, qui en opérant la conversion de Constantin, l'avoit en même-tems rendu victorieux de ses concurrens à l'Empire ; d'un côté on voyoit une quantité d'Idoles renversées, & la persécution en fuite ; de l'autre, la Foi paroissoit sur un Char éclatant, & entrant en triomphe dans la ville de Rome qui étoit placée en perspective.

L'Empereur & toute la Cour se rendirent de bonne heure à l'Eglife ; le Prince & Ariftodeme y étoient arrivés auparavant ; la Princeffe & toutes les Dames étoient placées dans un des côtés des fuperbes galleries qui regnent autour de ce vafte édifice, & l'Empereur avec fes Courtifans occupoient l'autre, les Prélats étoient rangés à droite & à gauche de l'Autel : la cérémonie commença par un admirable concert de toutes fortes d'inftrumens. Philotecte & Ariftodeme firent leur profeffion de Foi avec tout le zele & la dévotion imaginable ; & le dernier ayant été régénéré par les eaux falutaires du Baptême, ils reçûrent tous deux la Communion des mains du Prélat qui officioit, avec une piété

Z ij

exemplaire ; rien de ſi auguſte n'a-
voit paru juſques alors , l'Empereur & tous les Courtiſans pleu-
roient de joye & de tendreſſe d'a-
voir fait une acquiſition ſi illuſtre
à l'Egliſe ; Conſtantine y étoit
d'autant plus ſenſible , qu'outre
le zéle de la religion , elle ſentoit
que cette cérémonie ſeroit ſuivie
d'une ſeconde , où ſon cœur pre-
noit un vif intérêt ; il y eut enſuite un repas ſomptueux pour toute la Cour ; le Prince étoit aſſis à
table entre l'Empereur & Conſtantine, & ce fut là le ſceau de la
défaite de Philotecte ; les charmes
de l'eſprit de la Princeſſe acheverent le grand œuvre qu'avoient
commencé ceux du corps en fi-
xant le cœur & les affections du
jeune Prince.

Le reſte de la journée fut employé à recevoir les viſites de
toute la Cour , & Philotecte fut

ravi le soir de se trouver seul avec
son cher confident : que d'obligations ne vous ai-je pas , lui dit-il ,
en l'embrassant tendrement, non-
seulement vous avez nourri mon
ame dans les sentimens vertueux
qui caractérisent si bien l'honnête homme ; mais , mon cher pere ,
vous m'avez amené à la connoissance du vrai Dieu , mon cœur
enveloppé d'une matiere corrompuë, s'imaginoit que la félicité de la vie consistoit dans la
joüissance des plaisirs , quoiqu'il
n'eût pas encore été fixé , ses désirs impétueux courant d'objet en
objet , étoient autant de tyrans
qui le persécutoient ; quelle difference de mes premieres idées
à celle d'aujourd'hui : je ne regar-
dois ci-devant la possession d'u-
ne belle femme , que comme une
satisfaction agréable des sens , le
goût qu'ont fait naître en moi les

Z iij

charmes de Conftantine, vient d'une fource plus pure ; je ne regarde cet objet que comme une perfonne envoyée du ciel pour combler la félicité de mes jours: voilà juftement, répondit Adrafte, où conduit la fageffe ; & quoique la vertu donne par elle-même des fentimens nobles, la grace que Dieu vous a fait aujourd'hui de vous recevoir dans le fein de fon Eglife, joint en vous l'héroïfme chrétien au brillant de celui du fiècle : ne perdez jamais de vûë, mon cher Prince, l'action éclatante qui vient de fe paffer, ce n'eft que d'aujourd'hui que vous commencez de vivre;l'homme a beau agir & projetter, fes actions & fes projets ne peuvent jamais avoir une iffuë favorable, s'ils ne font pas dirigés fuivant l'efprit du Maître univerfel de toutes chofes, je vous ai fait voir

plufieursfois la fituation fâcheu-
fe d'un homme dans le défordre,
la poffeffion d'un objet fe ralentit
aifément dans un cœur qui n'eft
pas fixé par la vertu, & le jette in-
confideremment dans le défir
d'en poffeder un autre ; un cœur
livré de cette forte à l'inconftan-
ce, n'a plus de détermination fixe ; les efprits agités par l'envie
continuelle de courir de paffion
en paffion, font bourrelés par l'inquiétude de s'affujétir un objet
nouveau ; ils fe dérangent par les
défirs, & achevent de s'abrutir
par la joüiffance ; on évite ces
écuëils en ne perdant pas de vûë
les loix du Créateur, elles ne font
pas difficiles à obferver; l'homme
attaché aux principes de la raifon voudroit les exécuter, quand
même il ne feroit pas perfuadé
qu'elles ont été dictées par Dieu
même, elles font fondées fur

le droit naturel : rien n'eſt plus
juſte que d'aimer Dieu de tout
ſon cœur, & de référer à lui ſeul
notre culte religieux; en l'aimant,
nous ne ſçaurions nous ſervir de
ſon nom en vain, ni le proſtituer
à notre mauvaiſe foi : quoi de plus
naturel, que de lui donner un jour
de la ſemaine pour reconnoître
ſes faveurs & ſes bontés ? la nature ſeule nous induit à aimer &
reſpecter nos peres & nos meres ;
l'humanité nous empêche d'attenter à la vie de notre prochain,
la pudeur naturelle rougit du lu-
xurieux, la probité nous éloigne
du vol & des rapines, l'honneur
nous défend le faux & le parjure,
le ſeul bien de la ſociété & l'harmonie néceſſaire dans la république, nous éloignent de la con-
cupiſcence, de la fornication,
& un cœur nourri des ſeuls principes que les hommes appellent

probité, non-seulement ne prend pas le bien de son prochain, mais même ne le convoite pas, parce qu'il se fait une loi positive de celle qui ordonne de rendre à un chacun ce qui lui appartient ; ce sistême forme la base de toutes les loix. Voilà cependant, mon cher Prince, ce que renferme celles du Créateur qui rebutent l'homme qui, livré à ses sens, ne veut pas examiner la source du Christianisme & le bon ordre qu'il établit dans les sociétés.

Le lendemain matin Adraste entra chez Philotecte avec Aristodeme, qui se trouvoit aussi un homme tout nouveau ; cet homme consommé dans la morale, sentoit plus vivement les traits puissans de la grace, & son cœur nourri dans la Philosophie, n'avoit besoin que de changer d'objet ; ils se rendirent chez l'Empe-

reur, où tout respiroit la joye ;
Philotecte seul paroissoit rêveur,
& Constantin qui s'appercevoit
des mouvemens intérieurs qui
l'agitoient, lui dit d'un ton à char-
mer tous les cœurs: vous n'êtes
pas satisfait, Philotecte, & votre
ame contente d'ailleurs de la victoire qu'elle a remportée, n'a pas
encore rempli tous les désirs du
cœur ; mais la morale dont vous
commencez à goûter la douceur,
n'amene ses partisans au parfait
bonheur que par dégrés, c'est une
beauté qui laisse toujours à désirer jusqu'à ce qu'elle l'ait conduit au point fixe, au-delà duquel il n'y a plus rien. Toute la
Cour partit pour aller dîner dans
une maison de plaisance bâtie à la
pointe du Bosphore qui regarde
l'Asie ; Constantine y arriva un
moment après, & l'Empereur s'é-
tant enfermé dans un cabinet

avec la Princesse & Philotecte : je
rends graces au Ciel, dit ce digne
Monarque au jeune Prince, de
ce qu'il a daigné jetter les yeux
sur moi pour être l'instrument de
votre conversion. Toutes les grandeurs d'ici bas ne sont que des
phantômes qui, en fascinant les
yeux de l'homme, enyvrent sa raison, & le font tomber dans le désordre, s'il n'est point animé par
ces principes fondamentaux de
son état, la religion & le culte sincere & vrai qu'elle renferme; d'ailleurs, mon cher Prince, compa-
rons la durée du bonheur dont
nous jouïssons sur terre, avec celui de l'éternité. L'espace immen-
se des tems futurs absorbe les réflexions de l'homme le plus habile, & la pureté avec laquelle nous
devons paroître devant l'Etre suprême, doit faire trembler le plus
vertueux, Dieu vous a fait la gra-

ce de vous ouvrir le chemin qui
mene à sa possession, perseverez
dans les sentimens que l'Eprit saint
a jetté dans votre ame, soyez fidele à la religion, à votre état &
à vous même, vous ne serez jamais exposé aux remords qui agit-
tent continuellement l'homme
vicieux ; j'ai éprouvé les deux é-
tats, & l'ambition qui me guidoit
dans les guerres que j'ai faites
pour m'affermir dans la possession
de l'Empire, ne faisoit que m'en
éloigner ; la Croix seule devoit
me fixer dans l'élevation où je me
trouve : je vais depêcher un Courier à Theodat, pour lui annoncer la grande nouvelle de votre
entrée au sein de l'Eglise, & que
je ne m'opposerai jamais à ce qui
pourra contribuer à cimenter de
plus en plus une étroite amitié entre nous : Constantine, l'unique
objet de ma tendresse, peut suivre

le penchant de son cœur, je regarde votre union avec elle, comme le sceau des décrets de la Providence, songez seulement que la tranquillité de mes jours est attachée à son bonheur. Un même mouvement fit tomber ces deux Amans aux pieds de l'Empereur ; le cœur de Constantine étoit agité par deux fortes passions, son amour pour le Prince, & la tendre reconnoissance pour son pere, la mirent hors d'état de proferer un mot ; la noble pudeur qui se repandoit sur son visage, & les larmes de tendresse qu'elle versa, furent les fideles interpretes de son ame agitée. Elle baisoit tendrement une main de son pere, pendant que Philotecte tenoit l'autre serrée dans les siennes: ah ! seigneur, lui dit ce Prince transporté d'amour & de joye, vous me comblez aujourd'hui d'u-

ne faveur, à laquelle, malgré ma
naiſſance je n'oſois aſpirer ; je
vous avoüerai que la premiere
vuë de la Princeſſe avoit fait ſur
mon ame une impreſſion que je
n'avois jamais ſentie , la connoiſſance de ſes vertus a achevé le
triomphe, vous couronnez ma
victoire, & ce dernier trait me
confirme de nouveau que la religion chrétienne ſeule peut procurer la ſatisfaction de l'ame ;
ſouffrez que je vous témoigne
toute ma reconnoiſſance de cette
nouvelle marque de votre amitié,
& que je vous proteſte en même
tems que je ne veux employer
mes jours qu'à bénir l'heureux
moment qui m'a conduit dans
vos Etats, & à faire la félicité de
votre admirable fille ; & vous,
belle Princeſſe continua-t'il en ſe
tournant vers Conſtantine, rece-
vez ma foi en préſence de votre

Augufte pere, comptez fur les
affurances que je vous donne,
que votre fatisfaction feule peut
faire le bonheur de ma vie. Ces
trois illuftres perfonnes fortirent
de ce cabinet ; on fervit un dîner
magnifique, la converfation y fut
générale, & l'on fut furpris à la
fin du repas, d'entendre un concert admirable de toutes fortes
d'inftrumens, on ouvrit des grandes croifées qui donnoient fur le
Canal, & la Mer parut dans un
inftant couverte de vaiffeaux, qui
s'avançoient en bon ordre vers la
maifon de plaifance ; cette armée
navale n'étoit pas capable d'infpirer de la terreur, tous les vaiffeaux étoient dorés, & les pavil-
lons de foye de diverfes couleurs,
chargés d'emblêmes qui deno-
toient l'amour vertueux ; enfin
ayant jetté l'ancre fous la croifée
où étoit l'Empereur avec toute la

Cour, un jeune homme d'une beauté merveilleuse se jetta dans un esquif fait en forme de coquille & galamment orné, que deux rameurs firent approcher de Constantin ; le jeune homme lui dit pour lors que l'amour ayant sçû la fête qu'il donnoit à un de ses éleves, étoit venu pour prendre sa part du divertissement, & qu'il avoit amené l'élite de ses sujets pour se rendre plus digne de l'accueil qu'il esperoit du plus grand Monarque de l'Univers ; Constantin lui ayant témoigné que sa présence lui faisoit plaisir, vingt personnes d'une beauté singuliere & galamment vêtues, représentant differens attributs de l'amour, debarquerent au son des instrumens, & s'avancerent dans le plus bel ordre du monde vers la salle où la Cour étoit. Ils danserent un balet magnifique, après lequel

lequel l'amour vint à Constantine,
& lui dit de ne pas s'étonner de
le voir à la Cour de l'Empereur ;
qu'il n'étoit point cet amour tant
chanté par les Poëtes, qui se rendoit le tyran des ames, & conduisoit les hommes dans le désordre,
que son talent étoit seulement
d'échauffer les cœurs, & que sa
mere & son frere achevoient le
reste : là-dessus la vertu & l'hy-
men parurent, & firent un compliment à la Princesse & au jeune
Prince; la gloire vint ensuite avec
un port majestueux leur présenter son hommage, elle n'étoit pas é-
trangere à cette Cour, l'Empereur
l'avoit distingué aisément dans la
foule, il la connoissoit de longue
main, & avoit toujours entretenu
une correspondance intime avec
elle, cette cérémonie finie, la
danse recommença, & dura jusqu'à la nuit; les objets change-

rent alors de face ; on entendit un
grand bruit du côté de la mer : &
tout le monde étant couru vers
les croisées, on vit le plus beau
spectacle du monde, la flotte qui
étoit restée à l'ancre, parut tout
en feu ; on ne vit jamais une si superbe illumination, elle formoit
des figures surprenantes, d'un
côté c'étoit des chiffres qui marquoient le sujet de la fête, on
voyoit de l'autre des Dauphins &
des Tritons de feu qui se plon-
geoient dans la mer pour ne plus
reparoître ; & après que tout le
feu fut consummé, on reprit le
chemin du Palais ; Constantin
proposa à l'Amour & à sa suite d'y
venir loger, puisqu'il ne pouvoit
plus faire auncun usage de sa flotte ; la proposition fut acceptée
avec joye, & aussi-tôt que l'on fut
arrivé, chacun se retira à son appartement fort satisfait des plaisirs

de la journée ; il y eut plufieurs jours de fuite des fêtes de cette nature pendant lefquelles cependant, l'on ne négligeoit pas l'effentiel.

ARGUMENT

DU QUATRIE'ME LIVRE.

EDITS de Conſtantin contre les Héretiques ; l'Empereur envoye du ſecours aux Sarmates contre les Goths. Campagne ſur le Danube. Le jeune Conſtantin Ceſar prend le commandement de l'Armée ; Philotecte fait cette campagne. Diſcours d'Adraſte ſur la conduite d'un Prince pendant la guerre, & ſur la vraie valeur. Philotecte arrive à l'Armée. Bataille contre les Goths. Les Romains ſont victorieux. Philotecte y donne des marques de ſa valeur & de ſa prudence ; le butin y eſt conſiderable. Diſcours politique ſur cet évenement. Remarques ſur les fautes militaires. Retour des Princes à Conſtantinople. Les Ambaſſadeurs de Theodat font la demande de la Princeſſe Conſtantine pour Philotecte. Diſcours d'Adraſte ſur ce mariage; cérémonie des Fiançailles; instruction de Constantin sur l'art de regner; cérémonie du Mariage; joye universelle dans l'Empire. Philotecte demande Adraste pour rester avec lui. Discours sur la reconnoissance. Depart du Prince & de la Princesse pour retourner dans les Etats de Theodat; ils passent par ceux de Misis; reception quil leur est faite. Philotecte arrivé dans les Etats de son pere; sa reception; celle de Constantine; joye publique. Adraste est fait premier Ministre. Mort de Theodat, Philotecte regne heureusement.

Pag. 287

Mariage de Philoctete.

LIVRE IV.

DEUX chofes occupoient extraordinairement Conftantin; les Sarmates attaqués par les Goths du côté du Danube imploroient fon affiftance: les héréfies des Valentiniens, des Marcionites & plufieurs autres, infectoient une partie de l'Empire; les Empereurs payens, en faifant couler le fang des Fideles, avoient cimenté l'édifice faint; mais le demon acharné à fa proye, avoit fufcité des erreurs, qui, en attaquant les dogmes d'une maniere plus fubtile, n'en devenoient que plus dangereufes. Les hommes livrés à fes preftiges, & par des motifs de vanité, s'étoient laiffés en-

traîner au torrent de la prévari-
cation ; il s'agiſſoit d'oppoſer des
fortes digues pour arrêter ce mal ;
le Concile général de Nicée, au-
toriſé par la préſence de l'Empereur , avoit ramené preſque tous
ſes ſujets à l'unité de la Foi, la
condamnation d'Arius & la pro-
ſcription de cet Héréſiarque ,
avoient operé ce grand œuvre ;
mais inſenſiblement la pureté de
cette Foi s'étoit corrompue, &
cette année , Conſtantin travail-
la à extirper les héréſies ; il envoya des ordres aux Gouver-
neurs des Provinces pour chaſſer
tous les Hérétiques, à qui il a-
dreſſa cependant un Edit, pour
les exhorter à embraſſer la pénitence , & à chercher leur ſalut
dans le ſein de l'Egliſe ; ce qui é-
tant éxécuté par tout, retablit un
peu le calme dans l'Egliſe , & ra-
mena les ſujets à leur premiere
tranquillité

tranquillité, cette précaution étoit utile au falut, & néceffaire pour le gouvernement ; car les differens fentimens fur la religion entraîne toujours un grand défordre, il ne doit y avoir qu'une feule croyance ; l'époux étant indivifible, l'époufe ne fçauroit être auffi partagée ; & dès que nous fommes perfuadés de l'un, nous ne devons pas nous écarter de l'autre : d'ailleurs un Etat n'eft pas tranquille, lorfqu'il y regne diverfes opinions touchant la religion ; comme la connoiffance de Dieu & de fon Eglife eft le premier principe que l'on infinue dans l'ame, fi-tôt que l'homme fçait faire ufage de fa raifon, cette impreffion eft forte, & forme les principaux mouvemens du cœur, les hommes feparés fur le dogme, ne fçauroient entretenir une intelligence parfaite entr'eux. La

Bb

division se jette dans la société, quelque esprit inquiet & remuant fait servir ces sentiments à l'ambition qui le devore, il se forme deux parties dans l'Etat, la guerre se déclare, la paix ne peut se faire que par l anéantissement d'un parti; & avant que cela arrive, on a repandu le plus pur sang du citoyen.

Constantin fit ensuite marcher des troupes du côté du Danube; le jeune Constantin Cesar en eut le commandement, & Philotecte souhaita de l'accompagner dans cette opération, afin d'éprouver sa valeur & d'attendre plus tranquillement l'arrivée des Ambassadeurs de son pere: son amour aiguilloné par la vuë continuelle de Constantine, lui donnoit des impatiences qu'il avoit peine à vaincre, sa conversion avoit bien amorti l'impetuosité de ses passions; mais

elle n'avoit point anéanti ses défirs; & quoiqu'ils fuſſent conduits
par la vertu, ils n'en avoient pas
moins de vivacité, l'Empereur
s'oppoſa d'abord à ſa réſolution ;
mais vaincu par l'ardeur opiniâ-
tre du Prince, il fut enfin obligé
d'y conſentir.

Conſtantine trembloit à la
moindre propoſition que l'on en
faiſoit ; ce Prince avoit été prendre congé de la Princeſſe qui ſe
contraignit beaucoup dans cette
entrevuë ; mais ſes larmes n'en furent que plus abondantes, ſi-tôt
qu'elle l'eut perdu de vuë : Philotecte qui étoit devenu le plus tendre objet de ſes affections, depuis
que ſon pere lui avoit permis de
ſuivre les mouvemens de ſon
cœur, lui étoit trop cher, pour
qu'elle ne fût pas inquiette ſur les
périls inféparables de la guerre ;
le jeune Prince étoit ſenſible à ſes

alarmes ; mais la gloire triomphoit
d'autant plus aisément de sa sensibilité, qu'il lui sembloit que cette
vertu lui manquoit pour être plus
digne de cette Princesse ; il partit
enfin avec Adraste pour joindre
l'armée qui s'assembloit aux environs du Danube, & pour donner
pendant cette campagne, les premieres marques de son courage.
Adraste qui connoissoit la vivacité de Philotecte, voulut lui tracer
l'idée de la conduite qu'un Prince doit tenir à l'égard des troupes,
sur tout lorsqu'il est en guerre ;
ne vous imaginez pas, mon cher
Prince, lui disoit un jour ce grand
homme, que l'héroïsme consiste
à se présenter avec intrepidité devant les traits des ennemis, & de
braver les dangers que l'on court
à la guerre ; le prince se doit des
égards infinis, tant pour ce qui le
regarde en particulier, que pour

ce qui touche ses Etats en général, la présence du Prince influe,
à la vérité, beaucoup sur un armée:
les hommes ont cela de propre,
qu'ils souffrent plus patiemment
les fatigues, & s'exposent plus volontiers aux dangers, quand ils
voyent qu'un Prince partage l'un
& l'autre avec eux; mais d'un autre côté, le Roi est si nécessaire à
l'Etat, qu'il ne doit pas trop ha-
sarder sa personne sacrée, sa perte entraîne trop de désordre, &
le trait qui le frape est seul capable de jetter la confusion dans son
armée, de faire passer la victoire
du côté des ennemis, & d'exposer
son empire à une invasion, que
le victorieux pousse jusqu'à la désolation: le corps ne peut plus a-
gir quand il est privé de la tete,
qui forme son principal membre;
le Roi est la tête du Royaume,
sa perte laisse l'Etat sans action &

Pb iij

sans mouvement ; il s'agit donc de
le conserver : mais , pour parler
plus juste, le Prince ne doit s'ap-
pliquer à connoître ses troupes,
que pour pouvoir faire un juste
discernement du mérite de chaque membre qui les compose. La
conduite & la valeur qui se trouvent dans un homme déjà illustre
par sa naissance , sont à la vérité
plus brillantes , & même impri-
ment plus de respect & d'admiration que dans le particulier. Les
hommes sont persuadés que le
sang de nos ancêtres coule dans
nos veines, & que l'éducation a-
cheve ce que la nature a commencé d'elle-même. Je ne m'é-
loigne pas de cette idée ; mais
comme le Ciel se plaît à faire tous
les jours des nouvelles productions,& à tirer souvent un homme
du néant pour le placer au faîte
des grandeurs , le mérite éclatant

du premier, ne doit pas obſcur-
cir celui qui peut ſe rencontrer
dans des ſujets d'une naiſſance
plus obſcure ; les Romains, dans
le tems qu'ils commençoient à jetter les fondemens de cette puiſſance, où ils ſont parvenus depuis,
tiroient des hommes de la char-
rue, pour les élever à la Dictatu-
re ; ces hommes battoient les ennemis de l'Etat, & retabliſſoient
la tranquillité dans la Republique ; les Atheniens, les Lacede-
moniens & les autres peuples de
la Grece dont les noms ſont parvenus juſqu'à nous, fourniſſent
pluſieurs exemples de cette nature. Un Prince doit connoître l'intérieur de ſes armées, en ſe faiſant rendre un compte éxact des
talens particuliers de ceux qui ſe
diſtinguent par quelques opérations militaires ; veiller à ce que
des Officiers ſupérieurs, n'acca-

Bb iiij

blent pas par paſſion, ou par quelque foible préjugé, un honnête
homme, qui eſt très utile à l'Etat,
& qui, rebuté par des hauteurs,
ou par un oubli de ſes ſervices, va
finir ſes jours dans une maiſon de
campagne, où il devient inutile à
la Patrie ; la valeur mérite des ré-
compenſes, & l'honnête homme
ne cherche qu'une diſtinction de
la part de ſon maître pour tous les
dangers auſquels il s'expoſe. Le
Miniſtre chargé de cette partie
du gouvernement, agit ſuivant
les principes du Souverain, &
lorſqu'il le connoit porté à ré-
compenſer la valeur & la bonne
conduite, il n'eſt occupé que du
ſoin de préſenter au Roi les Sujets qui ont mérité ſa bienveillan-
ce à juſte titre ; voilà, mon cher
Prince, continua cet homme de
bien, par où un Roi eſt aſſûré de
vaincre : un Prince prudent &

fage agit dans fon cabinet, comme s'il étoit à la tête de fes troupes, fon efprit fait tout mouvoir, & l'idée du Souverain eft tellement gravée dans le cœur du foldat, qu'il ne le perd jamais de vuë.

La feconde attention du Monarque, c'eft d'avoir un foin particulier que les vivres foient toujours fournis abondamment au foldat ; plus l'homme fatigue, plus la déperdition d'humeurs qu'il fait eft confiderable, & plus, par conféquent, il a befoin de nourriture pour les reparer, l'homme a beau avoir de la valeur, il lui faut des forces corporelles pour le foutenir, la fobrieté rend à la verité, les hommes plus robuftes, mais il ne faut pas la pouffer trop loin, il faut un milieu en tout ; les délices de Capoüe énerverent l'armée d'Annibal ; mais la mifere a reduit fouvent des braves gens au

défespoir, & le deffaut des vivres
dans Carthage n'apas été la moindre caufe du triomphe de Scipion
en Afrique.

3°. Tenir la main à ce que les
troupes foient toujours habillées,
& entretenuës de façon qu'elles
puiffent refifter aux grandes fatigues, qui font inféparables du métier, & fupporter le froid & les
autres injures du tems aufquelles
elles font expofées.

Enfin que la difcipline regne
abfolument dans les troupes ; la
fubordination forme la plus belle
partie de l'art militaire ; c'étoit
cette concorde intime de chaque
membre, qui faifoit vaincre les
Romains dès le berceau de la Republique ; le choix des Officiers
en forme la bafe ; & pourvû que
l'on ne s'écarte point de l'attention qu'on doit y donner, on eft
fûr de triompher par tout. Voilà,

mon cher Philotecte, de quelle
maniere un Prince remplit les o-
bligations de fon Etat dans cette
portion de fon autorité : je ne blâme pas l'envie que vous avez eu
de voir par vous même, les opérations d'un métier qui a formé
tant de Heros; mais que cette
connoiffance ne vous ferve que
pour vous mettre en état de prévenir les furprifes d'un voifin inquiet, & d'éloigner de lui toute envie de troubler la tranquillité de
votre Royaume; l'idée d'un Conquerant n'eft pas toujours jufte;
Augufte n'eft grand que lorfque
paifible poffeffeur de l'Empire, il
ne s'applique qu'à faire goûter à
fon peuple les délices d'une paix
profonde, & fait oublier par cette conduite fage les fureurs du
Triumvirat qui avoit defolé les
Provinces les plus riches, & a-
néanti les familles les plus illuf-

tres. Le regne de Salomon fera
refpecté jufqu'à la fin des fiécles,
on fera toujours dans l'admiration, quand on fe repréfentera la
fageffe de fon gouvernement ;
mais où font les lauriers d'Alexandre ? ce Prince à qui il auroit
fallu plufieurs mondes pour affou-
vir fon ambition, n'a pas eu feulement la confolation d'affurer fa
puiffance à fes defcendans, il a
rempli l'univers de fon nom, il a
porté le feu & la défolation par
tout, fon puiffant Empire eft devenu la proye de fes Lieutenans,
ceux qui étoient accoutumés d'o-
béir ont voulu commander, & le
fils de Jupiter n'a pû affurer à fa
famille le patrimoine même de fes
peres, la Macedoine ; voilà le fort
des Conquerans, les guerres com-
mencées par l'ambition & la cupidité, n'ont pas une iffue plus heureufe, & le vainqueur de l'Afie

auroit peut-être éprouvé l'incon-
ftance de la fortune , fi la Parque
n'avoit pas tranché fes jours au
milieu de fes triomphes & dans
un âge fi peu avancé ; les forces
du corps & le bouillant du temperament s'affoibliffent par l'âge ,
& ôtent à l'homme la vivacité qui
lui fait entreprendre les chofes les
plus difficiles,& dans lefquelles le
hafard quelquefois les fait réuffir;
mais fes actions dans la fuite fe fen-
tent de la caducité du corps ; la
fortune n'a qu'un tems, au lieu
que la fageffe du gouvernement ne fait qu'augmenter par
l'âge , la prudence eft de toutes
les faifons & de tous les tems ,
l'humeur pacifique & le caractere religieux accompagnent le
Prince jufques dans le tombeau,
il a la fatisfaction de laiffer fes enfans paifibles poffeffeurs de fes E-
tats, le peuple croit voir toujours

fon Roi , fes vertus ont paffé
dans fa famille , fes fucceffeurs les
ont toujours devant les yeux ; ils
font animés des mêmes principes,
& la fageffe demeure la bafe & le
fondement du trône.

Philotecte arriva à l'armée où
il fut reçu du jeune Conftantin
avec une joye & une magnificence extraordinaires;ces deuxPrin-
ces avoient trouvé dans leur caractere de quoi prévenir ce que
l'union du fang auroit pû faire
dans la fuite ; ils étoient étroite-
ment unis. Philotecte étoit ravi
de fe trouver dans un camp ;
la vûë d'une armée lui donnoit un
fpectacle tout nouveau, il ne pouvoit fe laffer d'admirer le bon ordre & la difcipline qui y regnoit,
& de voir cette multitude d'hommes réünis fous la volonté d'un
feul.LesGoths étoient campés fur
une éminence, & on decouvroit

aisément leur camp de celui des Romains : les deux armées, après avoir resté quelques jours en présence l'une de l'autre, s'ébranlerent à la fin ; on en vint à une bataille qui fut sanglante & longtems disputée, Philotecte étoit auprès de Constantin qui y fit des actions prodigieuses de valeur, l'aisle droite des Romains commandé par Publianus avoit commencé à plier, Philotecte par ordre de Constantin y courut avec un gros de cavalerie, & le jeune Prince y retablit l'affaire de maniere qu'il enfonça l'aîle gauche des ennemis, dans le moment que Constantin victorieux dans le centre, tailloit en pièces tout ce qui se présentoit devant lui ; la victoire fut complette, il y périt cent mille Goths, tant par le fer que par la famine & le froid, qui s'ensuivit : Ariaric leur Roi, fut

obligé de donner son propre fils
en ôtage au victorieux : quoique
le gain de la bataille fût dûë à la
valeur de Constantin, ce Prince
donna mille loüanges à Philotecte, & avoüa publiquement que la
conduite qu'il avoit tenuë dans
le ralliement de la droite, avoit
été une des principales causes de
la victoire qu'il venoit de rem-
porter.

Le butin fut considerable, l'on
y prit une quantité prodigieuse
de chevaux & de chariots chargés
d'or & de meubles les plus précieux. Philotecte fut surpris de
trouver tant d'effets & de si grande valeur dans un camp. Quelle
imprudence, dit-il à Adraste, d'exposer tant de richesses à l'incons-
tance de la fortune & à la cupidité du soldat ! ces peuples, repondit Adraste, sont accoutumés à
butiner dans tous les pays où ils
peuvent

peuvent penetrer, & ne trouvent
pas de plus grande sûreté pour
leurs effets, que de les garder au
milieu d'eux : les Romains ne cou-
rent jamais de risques de cette nature ; & dans le malheur d'une
défaite, ils ne peuvent perdre que
des choses de peu de consequen-
ce, quant aux richesses, parce
qu'ils ne portent avec eux que
ce qui est absolument necessaire
pour combattre & pour vivre :
cette maxime a contribué beaucoup aux victoires éclatantes
qu'ils ont remportées sur presque
tous les peuples de l'Univers ; la
trop grande quantité de bagage
cause toujours du désordre ; les
bouches inutiles du côté des
hommes & des animaux, rüine
tout-d'un-coup le pays, où l'on
est obligé de camper ; & à peine
l'armée a-t'elle resté huit jours
dans un camp, qu'elle se trouve

Cc

dans la difette des vivres & des fourages; le même inconvenient fe trouve dans les pays limitrophes de celui où l'on fait la guerre, ils font denués de tout par les paffages, avant que l'armée foit affemblée, & ne peuvent plus par conféquent y fournir les chofes neceffaires qui font confommées d'avance; d'ailleurs cette quantité prodigieufe d'équipages embaraffe l'armée dans les routes & dans les mouvemens qu'elle eft obligée de faire;ce fuperflu fut en partie caufe de la perte queDarius fit de la bataille d'Iffus ; l'armée de ce Prince embarraffée par le bagage extraordinaire , par les femmes & les enfans qui en compofoient plus du tiers, fe trouva d'abord dans la confufion,Darius par cette maxime,non-feulement perdit la bataille, mais il eut le malheur de voir fa mere, fa femme & ses enfans devenir la proye du victorieux, il vit dans un seul jour la perte d'une partie de son Empire & la désolation de sa famille.

2°. L'Officier met le plus souvent toute sa fortune dans son train; les évenemens de la guerre sont douteux; l'on peut battre & l'on peut être battu, dans ce dernier cas l'Officier perd son équipage, il ne peut en former un autre, il se trouve dès la seconde campagne hors d'état de servir efficacement sa patrie, il resulte encore un malheur de cette ambition mal placée : on fait faire un équipage dont on ne paye qu'une partie, le reste tombe souvent en pure perte sur le Marchand ou sur l'Ouvrier qui l'ont fourni : ces gens cependant qui restent dans le cœur du Royaume, pendant que les armées sont sur les frontieres, sont les feuls qui font fleurir le commerce, & qui aident par confequent à fournir le principal nerf de la guerre ; s'ils font ruinés, ils ne peuvent plus contribuer en rien ; & l'Etat alteré dans fon centre, ne peut aller au-devant des échécs qui arrivent audehors.

Enfin la perte que fait une armée enrichit l'ennemi, & le met en état, à nos propres dépens, de pouffer plus loin les conquêtes qu'il a commencé de faire fur nous.

Un Roi fage va au-devant de ces malheurs ; il regle felon la prudence, l'équipage des Officiers à proportion des grades qu'ils occupent ; ce reglement opere plufieurs biens.

Une armée d'abord eft plus lefte & plus propre à faire les manœuvres néceffaires pour le bien du fervice, elle n'eft point embaraf-

fée de la quantité de voitures ,
qui en ruinant le pays où elles fe
trouvent, troublent fouvent la re-
gularité d'un marche , & y jettent
le défordre ; il ne faut point affoi-
blir l'armée par des détachemens
confiderables pour garder & ef-
corter ces équipages ; la confommation eft moindre , & par confequent l'armée fubfifte plus long-
tems dans les endroits où elle fe
trouve.

L'Officier n'eft point expofé à
une dépenfe fuperflue, qui emporte , comme j'ai dit, le plus li-
quide de fon bien , & fon amour
propre n'eft point bleffé dans cette œconomie , parce que les Officiers generaux , fideles interpretes des volontés de leur maître ,
non feulement y tiennent la main
par la rigueur avec laquelle ils
font exécuter leurs ordres ; mais
ils en donnent eux-mêmes le pre-

mier exemple, leur train étant médiocre : un Officier subalterne se rendroit ridicule, s'il vouloit encherir sur la modestie de son superieur ; d'ailleurs il est honteux que des gens qui se devoüent à l'art militaire, dont la dureté de la vie & les fatigues font la plus essentielle partie, marchent en campagne, avec l'aisance, ou pour mieux dire, le superflu que la volupté des villes leur procure, & qui ne servent qu'à entretenir l'homme dans la molesse.

Toute l'armée étoit dans la joye, Constantin avoit fait partager aux soldats la plus grande partie du butin; ce Prince après avoir rendu les devoirs sacrés dûs au Dieu des armées,& fait ordonner la sépulture à ceux qui étoient morts les armes à la main, il fit prendre soin des blessés, & indiqua un jour pour celebrer la vic-

toire avec la pompe guerriere
ufitée en ces occafions : l'ublianus
feul paroiffoit ne pas participer à
la joye univerfelle l'echec qu'il
avoit eu, le touchoit fenfiblement;
mais Conftantin Cefar, dont l'ame
étoit grande & élevée, dans les
principes de fon pere, s'efforça
de diffiper le chagrin que cet accident lui caufoit; Publianus étoit
brave, & le Prince aima mieux
rejetter fon malheur fur l'inconf-
tance de la fortune que fur le peu
d'amitié & de confiance que les
Officiers avoient pour lui ; il étoit
bien fait de fa perfonne, & très habile dans l'art militaire. Comment
Publianus n'eft-il pas aimé des
troupes, dit le foir Philotecte à
Adrafte ? il me paroît avoir des
qualités affez aimables pour gagner les cœurs ; Publianus a des
grandes qualités, repondit Adrafte ; mais il manque de l'effentiel

pour gagner la confiance de ceux qui lui sont subordonnés, il est capable de plus grands projets & même de les mettre à exécution, les Officiers qui servent sous lui, en sont persuadés ; mais il a des manieres altieres & dures qui éloignent de lui toutes les affections. Un Officier superieur, en conservant beaucoup de fermeté pour faire éxécuter les ordres qu'il donne pour le bien du service, doit avoir dans le particulier, & quand il reçoit chez lui ses subalternes, un air d'affabilité & de confiance qui attire leur amour ; un homme d'honneur, lorsqu'il va chez son general, tant pour recevoir ses ordres, que pour lui rendre les devoirs qu'éxige la subordination, se rebute aisément quand il est obligé d'emprunter des manieres rampantes & contraires à son caractere pour y être reçû

reçû; si l'accès de son cabinet est difficile, il se rebute d'y aller, une parole désobligeante, un regard équivoque font trop sentir la subordination qui dégénére même dans la sujettion indigne d'un homme qui sçait se présenter de bonne grace devant l'ennemi, & repandre genereusement son sang pour la Patrie; il naît de-là un premier mouvement dans le cœur qui en allarmant la pudeur, donne une repugnance naturelle à s'y livrer de nouveau, l'ulcere se forme, il est irrité par des airs qui approchent du mépris; il devient incurable, le mal passe de l'officier dans le soldat, la corruption devient generale, & lorsqu'il s'agit d'une expedition, la gloire anime à la verité cette troupe, mais celui qui la commande, ne possede point son cœur; on lui obeït à regret, & l'a-

Dd

mour de la Patrie est si fort alteré
par le mécontentement interieur,
qu'à peine peut-il se faire sentir :
au lieu qu'un Officier general qui
possede le cœur des Officiers &
des soldats, est presque toujours
sûr de la victoire ; l'amour qu'ils
ont pour leur chef , se joint à la
gloire & le triomphe s'ensuit.
Vous avez dû remarquer , continua Adraste, avec quelle ardeur
les troupes suivoient Constantin
Cesar , & la nonchalance avec laquelle celles de Publianus agis-
foient, le Souverain doit avoir
une attention singuliere, que les
Officiers superieurs ne traitent
point leurs subalternes avec trop
de hauteur, afin de ne pas degoû-
ter d'honnêtes gens du service ,
& perdre souvent les meilleurs
sujets & les plus utiles ; l'homme
guidé par les sentimens d'honneur, n'a pas besoin de rudesse

pour obéir : Jules Cefar que l'on
peut prendre à jufte titre pour
un des plus grands maîtres dans
l'art militaire, traitoit en frere le
moindre foldat, il étoit invincible avec eux : un jour qu'il en-
troit au Sénat, un foldat veteran
lui préfenta un Mémoire pour lui
recommander une affaire qui devoit fe plaider ce jour-là pour lui,
le Dictateur lui repondit, qu'il
verroit, le foldat s'avança devant
lui, & ayant decouvert fon fein,
tiens, lui dit-il , en lui montrant
plufieurs cicatrices des bleffures
qu'il avoit reçûës, en fervant fous
lui, regarde Cefar, t'ai-je dit que
je verrois quand j'ai combattu
fous tes ordres ; le grand Jules ne
fe facha point de cette noble re-
partie ; au contraire il eut une ef-
péce de honte de n'avoir pas été
affez prompt à fervir le foldat ; il
prit fon Memoire & fit terminer

son affaire le même jour. Un trait
de cette nature est seul capable
d'inspirer dans une armée, l'a-
mour le plus tendre pour un Chef
qui sçait user si humainement de
son pouvoir ; ce trait est beau ,
reprit Philotecte ; mais le chagrin
où Publianus est plongé me fait
peine, je serois fâché que cet honnête homme ne participât point
à la joye publique , j'ai envie d'en
parler au nobilissime Cesar ; votre
inquietude est loüable, repondit
Adraste , & votre sensibilité part
d'un caractere d'honnête homme , je vous conseille d'en parler
au jeune Constantin, c'est même
ici une attention singuliere que
doit avoir un Prince ; les hommes
dans tous les états font des fautes
qui , quoiqu'elles paroissent les
mêmes , tirent leur source des
differens principes ; le discernement du Prince doit agir en ces

occasions, les fautes dans l'art militaire ne sont jamais petites, par rapport aux suites qu'elles entraînent ; mais il en faut éxaminer les principes ; elles peuvent se faire de quatre manieres, par malice, par un deffaut d'expérience, par étourderie, ou par un deffaut attaché à l'humeur, tel que celui de Publianus.

L'Officier qui manque par malice mérite non-seulement l'indignation du Souverain, mais même les supplices les plus affreux ; la corruption du cœur n'a point d'excuse, & Dieu, le Roi & l'Etat en general sont interessés à la vengeance de la perfidie.

Le deffaut d'expérience peut se reparer, si l'Officier possede d'ailleurs des vertus essentielles, avec de la capacité & une envie de bien faire, on en peut former un grand homme ; il faut profiter de ſes bonnes diſpoſitious & l'employer dans des occaſions qui ſoient à la portée de ſon genie ; cet Officier ſe trouve d'abord flâté de la confiance que l'on prend en lui, cette diſtinction lui fait voir dans un point de vûë, celles qui l'attendent dans des occaſions plus conſiderables ; il ſe pique d'honneur , il travaille à aller en avant ; il ſaiſit tous les exemples de valeur & de prudence qui ſe préſentent devant lui, il en fait ſon étude particuliere , la gloire excite à chaque inſtant ſon émulation , il fait regulierement ſa cour à ſes ſuperieurs , il profite de tout ce qu'il peut en recueillir, il puiſe dans les livres qui traitent de l'art, ce qu'il y trouve de plus inſtructif pour la théorie , il le combine avec la pratique, & appuyé de l'approbation des Chefs il devient un habile Officier.

L'étourdi se distingue de deux façons, l'étourdi de jeunesse & celui de temperament, le premier se corrige par les attentions, dont nous venons de parler, & le soin que doivent prendre ceux qui sont chargés de son éducation de les lui imprimer fortement dans l'ame ; mais l'étourdi par temperament, devient rarement un homme utile, il peut avoir des momens de réflexions ; mais la nature l'emporte toujours, & il est incapable d'étudier le fort & le foible qui doivent déterminer la conduite.

Les défauts de l'humeur peuvent se corriger par l'experience, un malheur fait naître dans le cœur de l'homme d'honneur des réflexions sensibles, l'esprit & le bon sens agissent dans les occasionsde crise. Publianus a de la valeur, il est honnête homme, un échec comme celui qui vient de lui arriver suffit, pour lui ôter la la rudesse de l'humeur qui rebutoit si fort ses subordonneés : il a réflechi sur l'endroit foible de sa conduite, le Prince doit achever le changement ; au lieu d'aigrir sa douleur, il doit l'adoucir par des manieres qui puissent lui faire sentir qui'il ne reste dans le cœur aucune impression de ce qui lui est arrivé ; on peut seulement lui parler du défaut de l'humeur d'une maniere délicate, & propre à lui en faire sentir le ridicule, sans que rien tende à l'offense ; voilà, mon cher Prince, une attention singuliere d'un Roy , l'homme d'honneur en est touché, il se corrige sans peine, deux choses l'y engagent , son amour propre & celui qu'il a pour son Prince. Philotecte suivit le conseil d'Adraste , il en parla au Nobilissime

César, ce jeune Prince qui dans le fond eftimoit Publianus, faifit avec plaifir la premiere occafion qui fe préfenta de l'entretenir, & le fit avec tant de douceur qu'il diffipa tout le fombre que ce malheur avoit jetté dans fon ame, & Publianus profita fi efficacement de cet accident qu'il devint dans la fuite un des plus grands hommes de l'Empire.

Les rives du Danube étant pacifiées, les Princes reprirent la route deConftanotinple;ils trouverent en chemin un Courier qui leur apportoit la nouvelle de l'arivée desAmbaffadeurs deTheodat à la Cour de Conftantin, pour faire la demande de la Princeffe Conftantine pour Philotecte, les Princes firent diligence & arriverent enfin à la Capitale de l'Empire;leur entrée fut une efpece de triomphe non feulement pour le

jeune César ; mais auſſi pour Philotecte, à qui Conſtantin voulut
donner des marques de ſa ſatisfaction du ſervice qu'il venoit de lui
rendre : la Princeſſe vît paſſer
cette pompe guerriere & goûta
une double joye de retrouver
Philotecte ſauvé des perils de la
guerre & en même tems couron-
né de lauriers ; les Ambaſſadeurs
de Theodat étoient enchantés de
voir leur jeune Prince comblé de
gloire & d'honneur ; on n'enten-
doit de toutes parts que des acclamations & des cris de joye ; tout le
peuple étoit ſorti au devant de nos
conquerans ; ſi-tôt qu'ils furent
arrivés au Palais, ils allerent droit
au cabinet de l'Empereur, où ce
Prince les attendoit avec Conſtantine ; ce fut là que la joye de ſe
revoir ſe manifeſta mieux. Soûfrés
Seigneur, dit Philotecte, à Conſtantin, que j'ajoûte à ma recon-

noiſſance pour toutes les bontez
que vous avez pour moi, les bons
traitemens que j'ai reçû pendant
la campagne du Nobiliſſime Céſar votre Auguſte fils ; qui en
imitant vos vertus, marche ſi
glorieuſement ſur vos traces ;
& vous, belle Princeſſe, continua-
t'il, en ſe tournant vers Conſtantine, ſi j'ai été aſſez heureux pour
acquerir quelque gloire ſur le
Danube, permettez que je vous
en faſſe mon hommage, puiſque
l'envie de me rendre digne de
vous m'auroit fait entreprendre des choſes plus difficiles ; un
cœur penetré de vos charmes, ne
connoît point d'autre bonheur
que celui de vous plaire ; la Princeſſe rougit à ce compliment que
l'Empereur interrompit en diſant
à Philotecte, que quoique ſon fils
eût remporté la victoire ſur les
Gohts, & qu'il connut ſa condui-

te, cependant qu'il sçavoit que cet évenement étoit dû en partie à sa valeur, là-dessus les Ambassadeurs de Theodat furent introduits, ils firent la demande de la Princesse dans les formes usitées à la Cour; leur demande fut accordée avec joye & Adraste fut nommé pour travailler avec les Ambassadeurs à regler tout ce qui concernoit cette alliance; il y eut un grand souper en public & Philotecte étant retiré à son appartement, ne pouvoit contenir sa joye de se voir si près du bonheur auquel il aspiroit depuis qu'il étoit arrivé dans cet Empire, il le témoigna à Adraste.

Vous touchés enfin au moment tant désiré lui dit cet honnête homme, vous allez posseder Constantine, c'est-à-dire la premiere & la plus belle Princesse de l'Univers; l'amour & l'ambition trou-

vent dans cet évenement une
satisfaction entiere ; c'est icy un
triomphe complet ; mais songez,
mon cher Prince , à user de votre
victoire en conquerant sage &
prudent , je ne suis pas surpris que
vous soyez enchanté des charmes
personnels de la Princesse ; mais
qu'ils ne soient cependant pas
l'attrait le plus puissant pour vous
faire désirer cette alliance : la
beauté est touchante ; mais elle
est passagere , c'est une fleur que
le matin voit éclore & que le soir
voit passer , une maladie , le plus
petit accident, peut changer tout
l'éclat qui vous ébloüit dans une
difformité affreuse , & le penchant attaché à une chose de si
peu de durée , est bien fragile;
c'est de la beauté de l'ame , dont
vous devez faire cas , ses traits
sont ineffaçables ; attachés vous
aux vertus de Constantine , vous

y trouverez tous les jours des attraits nouveaux, & loin d'eprouver la tiedeur dans laquelle tombent ceux qui ne s'attachent qu'à la beauté du corps, vous sentirez à chaque instant renaître en vous des sentimens d'estime, & de consideration, que les liens, formez sur l'honneur & la modestie, peuvent seuls produire : songez ensuite que l'engagement que vous allez contracter, renferme des obligations serieuses : nous nous obligeons à bien des choses dans le monde dont nous ne sommes responsables qu'aux hommes; mais icy c'est Dieu même que vous appellez à la garantie de votre bonne foy, vous contractez sous la sainteté d'un Sacrement, Dieu vous a conduit dans cet Empire, pour vous y faire connoître sa Puissance, il vous donne pour le sceau de votre bonheur,

un de ſes plus parfaits ouvrages,
c'eſt à vous d'en uſer avec la reconnoiſſance qui eſt duë à un auſſi
grand Maître, pour peu que vous
vous écartiez de votre devoir,
vous devenez parjure envers lui
non ſeulement vous encourez ſa
diſgrace ; mais l'Empereur & tout
ce peuple dont vous poſſedez l'eſtime, vous regarderoient dans la
ſuite, comme un homme, en qui
il ne ſeroit plus permis de prendre
aucune confiance; ainſi, mon cher
Philotecte, n'enviſagez que Dieu
dans cette affaire, & que les plaiſirs des ſens faſſent la plus petite
partie de la ſatisfaction que vous
reſſentez. Philotecte aſſura A-
draſte, que les qualitez de l'ame
de la Princeſſe, faiſoient plus
d'impreſſion ſur ſon eſprit que
celles du corps, & qu'il eſperoit
que Dieu lui feroit la grace de
ne pas l'abandonner dans cette
occurrence.

Le lendemain les Ambaſſadeurs de Theodat entrerent de bonne heure dans l'appartement dePhilotecte,à qui ils rendirentun compte exact de l'état ou étoit le Roy ſon pere, & de la joye qu'il avoit reſſenti avectout le Royaume àla nouvelle de ſa converſion, ils reſterent une demie heure enfermés; enſuite Ariſtodeme & toute la Cour entrerent avec Publianus, qui étoit arrivé la nuit même, Philotecte s'empreſſa à lui donner toutes les marques poſſibles d'affection; on ſe rendit à l'appartement de l'Empereur où ſe fit la cérémonie des fiancailles; après quoi Conſtantine prit le nom & le train de Princeſſe future épouſe de Philotecte ; ce Prince eût la liberté de la voir & il connut à fond dans ces entre-vûës la beauté de ſon caractere & acheva de ſe perſuader que ſon union

avec

avec elle feroit la felicité de fa vie.

On faifoit des préparatifs extraordinaires pour célébrer ce mariage avec la pompe digne de l'Empire. Conftantin voulut entretenir Philotecte en particulier la veille de la cérémonie, & lui donner une derniere inftruction fur le grand art de regner;ils s'enfermerent tous deux dans un cabinet, & l'Empereur commença ainfi fon difcours. Nous approchons enfin, mon cher Philotecte, du moment, où, en uniffant votre fort avec Conftantine,vous allez commencer une nouvelle carriere dans le monde, je ne vous parlerai pas beaucoup fur les obligations du mariage, je vous repréfenterai feulement que vous ne pouvez vous en écarter jamais, fi vous avez toujours devant les yeux les principes de religion; l'engagement que vous

Ee

contractés en face de l'Eglise, les
vœux essentiels que vous formez,
& dont vous prenez Dieu à té-
moin. Songez que le parjure rend
de lui-même l'homme éxécrable,
selon la religion, & suivant la politique ; d'ailleurs, votre satisfaction & votre bonheur sont attachés à la felicité de votre épouse ;
vous commanderez un jour à un
puissant Etat, elle est destinée à
partager avec vous les sollicitu-
des inséparables du Thrône, à
donner à votre peuple les exemples de sagesse & de vertu qui forment la base du bonheur public,
& à le soulager dans ses besoins
pressans.

Attachez-vous d'abord, mon
cher Prince, à faire triompher la
religion dans votre Empire, toutes les Puissances humaines, ne
sçauroient entreprendre impu-
nement sur un Etat, dont Dieu

prend visiblement la deffense ; ayez un grand respect pour l'Eglise en general , & en particulier pour tous les membres qui la composent : songez que les Décisions de la Foi lui appartiennent ; le Souverain doit interposer son authorité pour les faire recevoir, & user de sa puissance pour empêcher que les Schismes & les Héresies ne prennent racine dans ses Etats ; il tient cette puissance de Dieu, il doit s'en servir pour tout ce qui a rapport à sa gloire ; c'est l'hommage qu'il doit rendre à l'Etre suprême du pouvoir qu'il lui a communiqué.

Soyez fidele à observer les Loix du Créateur ; ne permettez jamais que l'on s'en écarte dans votre Domestique & dans votre Cour ; le Peuple suivra volontiers votre exemple , & par une suitte infaillible, il s'assujettira aisément

aux ordonnances que vous ferez
publier pour le bien de votre
Royaume.

N'entreprenez point de guerre
à la legere, & avant que d'en venir à quelque rupture avec vos
voisins, éxaminez scrupuleusement les motifs qui vous font agir;
prenez garde de cacher quelque
trait d'ambition, de cupidité ou
de vengeance sous le voile de la
justice, ne souffrez point d'atteinte à votre autorité; mais ne la
compromettez pas aux préjugés.

Défiez-vous des flâteurs, chas-
sez les de votre Cour comme une
peste de la République, châtiez
feverement les calomniateurs &
les médisans, l'atteinte que l'on
donne à la réputation est plus
cruelle que celle qui attaque la
vie, la calomnie à beau se laver,
la playe est mortelle, ou si l'on
en guerit, il reste des cicatrices

fatales pour l'innocent.

Faites éxercer la justice avec severité, ne laissez aucun crime impuni, sur tout ceux qui viennent de la corruption du cœur, tels que le sacrilege, le viol, le rapt, le meurtre, l'homm.cide, &c. les criminels de cette espece sont des membres pourris qu'il faut retrancher de la société; mais faites une sérieuse attention au choix des Juges, punissez ceux qui prévariquent dans leur charge, & recompensez ceux qui les remplissent avec équité, le bonheur & la sécurité de votre peuple dependent de cette précaution.

Facilitez les mariages par des liberalités, placez les à propos; vous pouvez le faire des deux manieres, en dotant des filles qui n'ont point de bien & en donnant quelque soulagement dans les impôts à ceux qui sont chargés d'une nombreuſe famille , plus votre peuple ſe multipliera , plus vous trouverez de reſſources tant pour vos finances que pour vos armées.

Faites fleurir les Arts & les Sciences dans vos Etats , faites en de même du commerce , l'un y apporte l'abondance, l'autre donne un goût extraordinaire au peuple de travailler ; mais pour lui faire naître l'envie de ſe perfectionner dans quelque genre que ce ſoit , ouvrez votre main liberale , recompenſez largement ceux qui réuſſiſſent dans les Arts & dans les Sciences , & comblez d'honneur un Commerçant honnête homme , qui , par un travail continuel , a ſçû ſe ménager une fortune conſidérable.

Ayez toujours ſur pied un nombre ſuffiſant de troupes pour imprimer le reſpect & la crainte à

vos voifins, fortifiez vos Frontieres, muniffez vos Places de tout
ce qui eft néceffaire pour une longue défenfe en cas d'attaque ; em-
ployez ces troupes en tems de
paix à des ouvrages publics & utiles, faites leur obferver en tems
de guerre une difcipline éxacte ;
une armée ne doit jamaismarcher
ni combattre, qu'elle n'ait auparavant implorée le fecours du
Très-Haut ; que la Croix vous
ferve d'étendatt, c'eft par elle que
j'ai vaincu mes rivaux, & que je
fuis refté maître ; & au cas que
vous foyez vainqueur, n'abufez
jamais de votre victoire, faites un
pont d'or à votre ennemi, fi vous
le pouvez, fans hafarder votre re-
putation & vos Etats, banniffez
fur tout de vos troupes le blafphê-
me & l'yvrognerie.

Faites bâtir des Hôpitaux pour
retirer les pauvres, les veuves &

les orphelins , & des Ecoles pu-
bliques pour l'inſtruction de la
jeuneſſe , dotez les d'un revenu
ſuffiſant pour les entretenir , con-
fiez-en le ſoin à des perſonnes de
probité reconnuë , & prenez garde de tomber entre les mains des
gens qui ne ſe font pas ſcrupule
de s'enrichir aux dépens du pauvre.

L'Officier & le ſoldat viellis ou
eſtropiés dans le ſervice , doivent
ſe reſſentir les premiers de vos liberalités ; puiſqu'ils ont combattu pour la Patrie , la Patrie doit
auſſi les entretenir quand ils ſe
trouvent hors d'état de continuer
le ſervice, & prendre ſoin de leur
veuves & de leurs enfans ; la valeur ne doit jamais demeurer ſans
recompenſe ; en un mot , rien
n'éxcite plus l'émulation que la
diſtinction que le Souverain fait
du mérite de chaque particulier.

Faites un bon choix de vos Miniſtres, & avant de vous déterminer ſur cet article comme ſur
les autres, conſultez Dieu, priez-
le de vous donner un diſcernement aſſez juſte, pour n'être pas
trompé ſur le mérite de chaque
Candidat, ſur tout que la naiſſance ne vous détermine pas, fixez-
vous ſur la vertu & ſur le mérite
perſonnel.

Ayez la même attention, lorſque vous enverrez quelques Ambaſſadeurs dans les Cours étrangeres, c'eſt ici même où il faut
éxaminer murement les qualités
du Sujet, ſur qui vous jettez les
yeux pour cet emploi, il faut des
talens particuliers, pour s'en ac-
quiter dignement, la politique a
beſoin des reſſorts differens des
autres ſciences, il faut un homme
qui connoiſſe le génie & le caractere de la nation, chez qui vous

Ff

l'envoyez, qu'il s'y prête en toute occafion, qu'il ufe d'une grande
diffimulation pour pénétrer dans
les cœurs de ceux avec qui il eft
obligé de travailler, il découvre
par-là les manœuvres les plus ca-
chées, & fe trouve en état de parer les coups qu'on pourroit lui
porter.

Examinez.à fonds le caractere
de ceux à qui vous voulez donner
votre confiance ; c'eft une étude
que de connoître l'homme ; le
vice emprunte quelquefois les
couleurs de la vertu, & l'hipocrite, caché fous le mafque de l'honneur, a fouvent trompé des hommes très-habiles, il paroît vous
être attâché lorfqu'il vous trahit,
il faut l'éxaminer par le principe
des mœurs ; fi un homme eft fidele à Dieu, il ne fçauroit trahir
fon Roi, & un homme fans religion ne peut être honnête homme.

Ayez toujours devant vous la crainte de Dieu, plus vous êtes élevé, plus le compte que vous lui rendrez sera considerable, ne perdez pas ses preceptes de vûë, & vous prospererez par tout ; comme il est la source du bien , vous ne sçauriez le trouver ailleurs ; voilà en gros, mon cher fils, comment vous regnerez avec gloire ; en suivant ces maximes vous ferez le bonheur de votre peuple & votre félicité particuliere.

Philotecte étoit demeuré comme immobile pendant ce long discours ; Constantin lui paroissoit au-dessus de l'homme, il lui sembloit voir un Ange descendu du Ciel pour l'instruire dans l'art de regner ; il y avoit quelque chose de si grand & de si majestueux dans la personne de l'Empereur que le jeune Prince n'osoit lui re-

pondre, il revint cependant de
son étonnement : ah ! Prince, s'é-
cria-t'il, un mortel peut-il penser
comme vous faites ! c'eſt l'eſprit
Divin qui anime toutes vos paroles; que de graces Dieu ne repand
il pas ſur moi ; que ſon joug eſt
doux & admirable ! à peine ſuis-je
entré dans le ſein de ſon Egliſe,
que je me trouve un homme nouveau, les graces ſe ſuccedent les
unes aux autres ; que ne dois-je
pas eſperer en imitant votre fidelité à ſon égard ; non ſeulement
vous comblez votre Empire d'un
bonheur parfait ; mais vous com-
muniquez cette felicité à toutes
les Nations. Je ne puis oublier vos
maximes, & je prie l'Eternel de
me les faire mettre toujours en
pratique.

Enfin le jour tant déſiré arriva,
Philotecte parvint au bonheur le
plus parfait qu'il pût déſirer dans

ce monde, les Epousailles se firent dans l'Eglise des saints Apôtres avec une pompe & une magnificence que l'on ne peut décrire; l'Evêque de Constantinople donna la bénédiction nuptiale à ces deux illustres amans, la Cour & la Ville étoient dans une joye inconcevable, il sembloit que le bonheur du peuple fût renfermé dans celui de ce digne couple. Après la cérémonie il y eut un grand repas auquel tous les Prélats qui avoient assisté à la cérémonie furent admis; c'étoit la maxime de Constantin, & ce Monarque se plaisoit infiniment à converser avec ces dignes soutiens de religion, depuis le miracle évident que Dieu avoit operé en sa faveur; & pour que rien ne manquât à la Fête, l'illustre Philippe qui étoit toujours resté auprès de Nicomedie, avoit été in-

vité de se rendre à la Cour, tant
pour venir prendre part aux plaisirs qui y regnoient, que pour y
joüir du rang que sa naissance &
ses vertus lui donnoient. Le soir
toute la Ville fut illuminée, l'Empereur avoit repandu l'or à plaines mains parmi le peuple & pendant huit jours que dura la Fête,
toute la ville & les étrangers furent défrayés aux dépens de l'é-
pargne ; l'Empire entier se ressen-
tit des liberalités du Prince. Outre
l'argent qu'il fit distribuer dans
les Provinces, il déchargea le
peuple en faveur de ce mariage,
du quart des impositions. Voilà
comment un Prince vrayment
chrétien partage avec ses Sujets
les plaisirs qu'il goûte dans sa famille, & une union commencée
sous des auspices aussi heureux,
aura infailliblement la bénédiction du Ciel.

Philotecte trouva dans la pof-
feſſion de ſon épouſe, des charmes qui lui étoient inconnus, &
la liaiſon intime de leurs ames animées par la religion & la vertu, ſe
cimenta de maniere qu'elle devint inaltérable.

On fit partir un Courier pour
faire part de cette grande nouvelle à Theodat & du départ de
ſon fils; ce Prince fit dans ſes Etats
les mêmes liberalités que l'Empereur avoit fait dans les ſiens, &
n'eut plus d'autre inquiétude que
de voir ſon fils de retour avec la
digne épouſe, que Dieu lui avoit
donnée pour faire la conſolation
de ſa vieilleſſe & la félicité de ſon
peuple. Ses Ambaſſadeurs ſigne-
rent le lendemain du mariage, un
traité d'alliance offenſive & dé-
fenſive entre les deux Etats;
l'Empereur en perſonne & Theodat par ſes repréſentans, jurerent

solemnellement, non seulement
l'observation du traité en general , mais cimenterent double-
ment l'article en particulier qui
concernoit la défense & le soutien
de l'Eglise ; ensuite on fit les préparatifs pour le départ de Philotecte ; l'Empereur nomma tous
ceux qui devoient l'accompagner
dans ce long voyage ; Publianus
fut du nombre : Aristodeme s'attacha au jeune Prince & ne con-
tribua pas peu au bonheur dont
il joüit dans la suite, & Philotecte demanda à l'Empereur qu'il
pût conserver Adraste auprès de
lui, afin de continuer de profiter
de ses conseils & donner à cet illustre Mentor, les marques les
plus vives de sa reconnoissance.
Constantin y consentit d'autant
plus volontiers, que ce trait qui
partoit du caractere,marquoit en
Philotecte un ame totalement dé-

vouée à la vertu:en effet, si nous devons respecter nos peres & nos meres parce qu'ils nous ont donnés la naissance & pour les soins qu'ils prennent de nous, quelles obligations n'avons nous pas à ceux qui se dévoüent totalement à notre éducation, comme si la vertu seule peut procurer un bonheur réel dans ce monde, nous devons rapporter celui dont nous joüissons à l'honnête homme qui nous en a inspiré le premier goût, & qui a nourri notre ame des principes de la sagesse : rien n'est plus naturel que de voir un pere aimer tendrement son enfant & l'élever avec soin, la nature parle en lui, & cette mere commune se fait toujours entendre efficacement ; mais un étranger qui prend soin de notre enfance par un pur principe d'amitié, ne nous doit pas être moins cher ; un Prince qui regne avec équité, qui coule ses jours dans la pratique des vertus morales & chrétiennes qui lui attirent l'amour de son peuple & la bénédiction du Ciel, doit toujours rapporter ce bonheur à sa premiere éducation & faire une estime particuliere de celui qui la lui a donné, il doit lui donner toute sa confiance, cet honnête homme ne sera pas plus porté à le tromper dans un âge meure qu'il ne la été dans sa jeunesse où le chemin de la perversion lui étoit bien plus aisé ; c'est son ouvrage ; il a un double interêt de le conserver ; d'ailleurs si la reconnoissance se fait remarquer comme une vertu essentielle jusques dans le plus petit de ses Sujets, combien plus fortement ne doit-elle pas être imprimée dans le cœur d'un Roi qui doit en tout servir d'exemple à son peuple.

Enfin le jour du départ arriva ;
la joye qui avoit regné jusques-là
dans Conſtantinople ſut conver-
tie dans une douleur profonde ;
quoique l'on dût être préparé
de longue main à cette ſépara-
tion. Tout le monde n'en reſſen-
tit pas moins d'amertume. Conſtantin y fut ſenſible ; mais de la
ſenſibilité d'un héros qui ſe compte toujours pour rien, lorſqu'il
s'agit du bien public ; Conſtantine donna quelque choſe de plus
à la foibleſſe de ſon ſexe, elle pleu-
ra beaucoup, ſes larmes étoient
legitimes, elle quittoit un pere
qui l'aimoit tendrement, des freres qui la cheriſſoient & une Cour
où elle étoit ſingulierement che-
rie & reſpectée, elle alloit s'éta-
blir dans un pays où tout lui étoit
inconnu, excepté la religion &
ſon époux ; mais comme elle s'é-
toit formée le principe d'être at-

tachée inviolablement à l'un & à
l'autre, sa vertu lui fit trouver de
la consolation dans cette triste sé-
paration. L'Empereur regla leur
route, & ils ne devoient s'arrêter
que dans les Etats de Mifis, où le
jeune Prince fut charmé de paffer pour voir les progrès que la
religion avoit fait dans ce Royaume, & donner au Souverain des
marques de son eftime & de son
souvenir; Conftantin accompagna notre illuftre couple jufqu'à
la premiere couchée ou se fit une
féparation d'autant plus fenfible,
qu'elle ne laiffoit aucune efpé-
rance de se revoir.

La Princeffe se trouva un peu
incommodée les premiers jours
de la route; mais infenfiblement
elle s'accoutuma à la fatigue du
voyage, l'amour de Philotecte lui
tenoit lieu de tout, & ce Prince
plus amant qu'époux fentoit re-

doubler chaque jour fa tendreffe pour une époufe dont tout le but tendoit à lui plaire.

On leur fit par tout des receptions magnifiques, le peuple bordoit les chemins & repandoit des fleurs fur leur paffage, le Ciel retentiffoit de mille acclamations de joye & de bénédiction, ce qui fit connoître l'amour que les Sujets avoient pour le Souverain.

Mifis étoit averti du retour de Philotecte; ce Prince fit des préparatifs superbes pour recevoir une auffi illuftre compagnie, il s'avança lui-même fur les frontieres de fes Etats avec toute fa Cour & l'élite de fes Troupes; on y forma un Camp magnifique, cette petite armée ne refpiroit ni fang ni carnage, la joye y regnoit de toutes parts; enfin il arriva un Courier dépêché par un des Ambaffadeurs de Mifis, qui étoit

à la fuite de Philotecte, pour
avertir que ce Prince arriveroit le
lendemain; toutes les Troupes
furent rangées en bataille dès le
matin, & Mifis ayant formé un
efcadron de fes plus jeunes Courtifans, s'avança en bon ordre au-
devant de Philotecte, fi-tôt qu'il
eut apperçu qu'il s'approchoit.
L'entrevuë de ces deux Princes
eut quelque chofe de tendre &
d'affectueux ; Mifis conduifit le
Prince & la Princeffe à une tente
fuperbe qu'il avoit fait tendre éx-
près pour cette réception, où ils
trouverent un grand repas prêt à
fervir, on fe mit à table, la joye
étoit repanduë par tout ; une mu-
fique guerriere fe fit entendre
pendant le repas, après lequel on
décampa & on arriva le deuxiéme jour à la capitale où tout étoit
préparé pour recevoir des hôtes
fi auguftes.

Philotecte fut extrêmement satisfait de voir les progrès que la
religion avoit fait dans cet Etat ;
il n'y paroiſſoit preſque plus aucune trace du paganiſme, le Clergé
vint en pompe recevoir Philotecte à la porte de la ville, & condui-
ſit la Cour à la principale Egliſe,
que l'on ne faiſoit qu'achever de
bâtir ; on y rendit des actions de
graces ſolemnelles pour l'heureu-
ſe arrivée du Prince ; on ſe rendit enſuite au Palais, où tout ſe
paſſa avec une magnificence
achevée.

Philotecte étoit impatient de
ſe trouver ſeul avec Miſis, mais il
ne put avoir cette ſatisfaction que
le lendemain, qu'il s'enferma
dans un cabinet avec ce Prince,
la Princeſſe ſon épouſe, Adraſte
& Ariſtodeme : je ſuis charmé,
mon cher Prince, dit Philotecte
à Miſis, de tout ce que je vois ici,

& que l'eſtime que j'ai ſenti pour vous dès le premier moment que je vous ai vû, ait eu une ſuite auſſi agréable que celle de vous voir entrer en même tems dans le ſein de l'Egliſe : il ſemble que la Providence nous ait déterminé dans les mêmes circonſtances à joüir d'un bonheur égal. J'eſpere que cette conformité d'évenement ſervira à former entre nous une union que la mort ſeule pourra diſſoudre. J'irai toujours au-devant de ce qui pourra y contribuer, lui repondit Miſis, & je regarde votre premier voyage dans ce Royaume, comme la ſource de tout le bonheur dont je joüis. Je vous avoüerai même que je n'en ai pas goûté de parfait depuis votre départ, juſqu'au jour ou il il a plû au grand Conſtantin de m'envoyer les illuſtres perſonnages, qui, en chaſſant les ténebres

bres dont mon ame étoit enve-
loppée, m'ont fait connoître le
vrai, seul & unique Dieu que nous
devons adorer ; non seulement
j'ai goûté depuis ce tems-là une
tranquillité qui m'étoit inconnuë,
mais Dieu m'a fait la grace de ne
trouver aucune resistance dans
mes Sujets, pour leur faire adopter
une religion & des loix aussi contraires aux maximes dans lesquelles ils avoient été élevés ; des simples remontrances, quelques ins-
tructions familieres & mon éxem-
ple ont operé cette grande revo-
lution; & j'ai la satisfaction de voir
aujourd'hui tous mes Etats réunis
dans une même Foi & dans une
même Croyance : voilà le fruit
qué j'ai retiré des discours salutaires d'Adraste ; c'est à Dieu même
à qui vous avez obligation de ce
changement, repartit ce sage Philosophe, & lui seul pouvoit ope-

rer ce grand œuvre ; vous aviez
le malheur d'être né dans l'Idolâtrie , mais, mon cher Prince, votre cœur n'étoit pas corrompu par
le vice, les vertus morales y regnoient; vous rendiez une juſtice
éxacte à vos Sujets, vous les gou-
verniez avec ſageſſe , il ne manquoit, pour vous rendre parfait,
que les lumieres du Chriſtianiſme ; Dieu qui veille continuellement ſur les Juſtes, vous en préparoit la connoiſſance , il tenoit
toujours prêt le flambeau qui devoit vous éclairer ; & je ne rem-
porte d'autre gloire de cet éve-
ment que d'avoir été choiſi pour
ſervir d'organe au Maître uni-
verſel de toutes choſes , & d'inſ-
trument au bonheur qui vous
étoit préparé de tous les tems. La
converſation devint generale ; la
Princeſſe Conſtantine étoit ravie
d'admiration ; Miſis avoit un air

de grandeur qui le faifoit connoître aifément pour un grand Roi,
& l'amour qu'elle avoit pour fa
religion lui faifoit goûter une fatisfaction intérieure & fenfible de
rencontrer tant de piété dans ce
Prince : enfin ayant refté quelques jours à cette Cour, ils en
partirent très fatisfaits, après que
les deux Princes fe furent jurés
une amitié fincere & une alliance
inviolable.

Si Conftantine avoit été furprife de toùt ce qu'elle avoit vû
jufqu'ici, elle le fut encore
davantage lorfqu'elle arriva dans
les Etats de Theodat ; il y eut un
concours innombrable de peuple
jufques fur la frontiere, les chemins par où ils paffoient étoient
bordés de Troupes & d'Habitans
qui ne formoient qu'une haye
jufqu'à la Capitale ; l'élite de la
Nobleffe étoit venue au-devant

du Prince qui fut charmé de voir tout le monde senfible à fon retour : les femmes de la premiere diftinction fe trouverent à fix lieuës de la ville, pour recevoir une Princeffe que l'on regardoit déjà comme le fceau de la félicité publique ; Conftantine reçût toutes ces Dames avec l'air doux & engageant qui lui étoit naturel, & affaifonna cette premiere entrevûë de tant de politeffes, qu'elle s'acquit dès lors generallement tous les cœurs. La magnificence de leur entrée dans la capitale ne peut fe décrire ; Theodat vint recevoir la fille de Conftantin à la porte de la ville ; la Princeffe fut frappée d'un refpect fingulier à la vûe du Monarque, dont l'air vénerable & majeftueux ébloüirent d'abord fes yeux, & s'étant jettée à fes génoux : fouffrez, feigneur, lui dit-elle, en baifant

tendrement une de ſes mains ,
que je vous préſente une fille qui
pleine de joye de poſſeder le
cœur de Philotecte, attend ſon
bonheur ſuprême de votre
eſtime ; Theodat la releva auſſi-
tôt , & lui dit en l'embraſſant
qu'il n'avoit plus rien à déſirer,
puiſque Dieu lui avoit accordé
les deux graces qu'il lui avoit de-
mandées avec ardeur, c'eſt-à-
dire, la converſion de Philotecte & une Bru dont les vertus puſ-
ſent aider à entretenir ſon fils
dans la pratique de la religion &
dans un culte parfait de la Divinité. Philotecte lui demanda enſuite la bénédiction paternelle,
ce Monarque l'embraſſa les larmes aux yeux & lui témoigna la
ſatisfaction qu'il ſentoit de le voir
uni de foi & de croyance avec lui.
Adraſte & Ariſtodeme reçûrent
du Roi mille marques d'amitié ;

ce Prince combla d'honnêteté tous ceux qui avoient accompagné Philotecte. Theodat monta dans un char magnifique avec les deux jeunes époux & furent suivis des deux Cours jufqu'au Palais : les ruës étoient tenduës des plus riches tapifferies & ornées de plufieurs arcs de triomphe ; on arriva au Palais aux acclamations du peuple ; Theodat bénifloit le Ciel de ces heureux évenemens; la fête dura quinze jours, le peuple fut déchargé d'impôts pendant un an, les voutes des Temples retentiffoient des faints Cantiques que l'on chantoit à la gloire de Dieu, pour la confervation du Roi & de la famille Royale ; Conftantine faifoit le plus bel ornement de la Cour, dont le premier Miniftre étant mort, Adrafte fut choifi pour remplir ce pofte important ; quoiqu'il fût étranger, fon élevation qui étoit au-deffous de fon mérite n'éxcita aucune envie, il s'en acquita avec toute la candeur & la droiture que l'on devoit efperer d'un homme dont toutes les actions marquoient une piété folide, & un attachement particulier pour la gloire du Roi & la félicité du peuple : Ariftodeme fut admis dans les Confeils les plus fecrets, tous les Romains qui avoient accompagné le jeune Prince, partirent comblés de préfens & de politeffe, Conftantine accoucha au bout de l'an d'un Prince qui fit renaître la joye publique ; le Royaume joüiffoit d'un bonheur parfait, le Roi chériffoit fa famillé, le Prince & la Princeffe n'étoient occupés que du foin de plaire à ce Monarque, qui paya enfin le tribut à la nature ; Theodat mourut quelques années après de la mort des Juftes & ne quitta ce monde dans un âge très avancé, que pour aller joüir de l'éternité ; ce grand Prince fut pleuré de tous ſes Sujets & dans tous les endroits où ſon caractere étoit connu ; Philotecte hérita de ſes vertus & de ſes Etats, qu'il gouverna long-tems avec ſageſſe. Il fut un zélé défenſeur de la religion, ſa digne épouſe fut un vrai modele de toutes les vertus chrétiennes ; elle paſſa ſes jours dans un éxercice continuel de piété, mere des pauvres, ſecours des affligés, protectrice de l'innocence opprimée, elle ſoulagea tellement ſon époux dans les ſoins pénibles du Gouvernement, qu'elle en a partagé la gloire à juſte titre ; Philotecte maintint la paix dans ſes Etats, & religieux obſervateur des Loix Divines, il n'en fit jamais publier dans ſon Royaume que pour l'éxaltation de la Foi & la félicité de ſon peuple.

F I N.

APPROBATION.

J'AY lû par ordre de Monseigneur le Garde des Sceaux, un Manuscrit qui a pour titre *Philotecte, ou Voyage instructif & amusant, &c.* & j'ai crû qu'on pouvoit en permettre l'impression. A Paris le 3 Août 1736.

Signé, MAUNOIR.

PRIVILEGE DU ROY:

LOUIS PAR LA GRACE DE DIEU ROY DE FRANCE ET DE NAVARRE : à nos Amez & feaux Conseillers les Gens tenant nos Cours de Parlement, Maîtres des Requestes ordinaire de notre Hôtel, Grand Conseil, Prevôt de Paris, Baillifs, Sénéchaux, leurs Lieutenans Civils, & autres nos Justiciers qu'il appartiendra, SALUT, notre bien amé Guillaume Valeyre Imprimeur-Libraire à Paris, Nous ayant fait supplier de lui accorder nos Lettres de permission pour l'impression d'un Manuscrit qui a pour titre, *Philotecte, ou Voyage instructif pour un jeune Prince*, par le sieur Ansard, Lieutenant de Dragons, offrant pour cet effet de l'imprimer oufaire imprimer en bon papier & beaux caractéres, suivant la feuille imprimée ci-attachee pour modele sous le contre-scel des Présentes ; Nous lui avons permis & permettons par ces Présentes de faire imprimer ledit Livre ci-dessus specifié, conjointement ou séparément, & autant de fois que bon lui semblera, & de le vendre, faire vendre & débiter par tout notre Royaume pendant le tems de trois années consécutives, à compter du jour de la date desdites Présentes. Faisons défenses à tous Libraires-Imprimeurs & autres personnes de quelque qualité & condition quelles soient d'en introduire d'impression etrangere dans aucun lieu de notre obeïssance, à la charge que ces Pré-

fentes, feront enregiftrées tout au long fur le regiftre de la Communauté des Imprimeurs-Libraires de
la Ville de Paris, dans trois mois de la date d'icelle,
que l'impreffion de ce Livre fera faite dans notre
Royaume & non ailleurs, & que l'impetrant fe con-
formera en tout aux Réglemens de la Librairie, &
notamment à celui du dix Aouft 1725. & qu'avant
que de l'expofer en vente le manufcrit ou imprimé
qui aura fervi de copie à l'impreffion dudit Livre, fera
remis dans le même état où l'approbation y aura eté
donnée, ès mains de notre tres-cher & feal Chevalier le fieur d'Aguefleau Chancelier de France, Commandeur de nos Ordres; & qu'il en fera enfuite remis
deux exemplaires dans notre Bibliotheque publique,
un dans celle de notre Château du Louvre, & un dans
celle de notre très-cher & feal Chevalier le fieur d'A-
guefleau, Chancelier de France, Commandeur de
nos Ordres; le tout à peine de nullité des Préfentes,
du contenu defquelles vous mandons & enjoignons de
faire jouir l'Expofant ou fes ayant caufes, pleinement
& paifiblement, fans souffrir qu'il leur foit fait aucun
trouble ou empêchement. Voulons qu'à la copie def-
dites Préfentes qui fera imprimée tout au long au commencement ou à la fin dudit Livre, foi foit ajoutée
comme à l'original. Commandons au premier notre
Huiffier ou Sergent de faire pour l'éxecution d'icelles
tous Actes requis & néceffaires, fans demander autre permiffion : & nonobftant clameur de Haro, Char-
tres Normandes & lettres à ce contraires : Car tel eft
notre plaifir. Donné à Verfailles le vingt-neuviéme
jour de Mars l'an de grace mil fept cens trente-fept.
Et de notre Regne le vingt deuxieme. Par le Roi
en fon Confeil. *Signé,* SAINSON.

Je reconnois avoir cedé aux fieurs Giffey, Mefnier,
de Poilly, mon droit à l'Ouvrage de l'autre part. Fait
à Paris le 12 Avril 1737. VALEYRE.

Regiftré enfemble la préfente Ceffion fur le Regiftre IX
de la Chambre Royale des Libraires & Imprimeurs de
Paris, N°. 40. fol. 420. conformement aux anciens
Réglemens confirmés par celui du 28 Février 1723.
A Paris le 12 Avril 1737.
Signé, G. MARTIN, *Syndic.*

www.ingramcontent.com/pod-product-compliance
Lightning Source LLC
Chambersburg PA
CBHW070257030726
47505CB00004B/843